過激なマイダーリン♡

JN227726

Story by YUKI HYUUGA
日向唯稀
Cover Illustration by MAYU KASUMI
香住真由

カバー・本文イラスト　香住真由

CONTENTS

過激なマイダーリン♡ —— 4

あとがき —— 290

My《マイ》 darling《ダーリン》――I《アイ》 love《ラブ》 you《ユー》

僕の意識の中には、幼いころから安堵《あんど》を覚えた優しい一つの〝響き〟がある。

「愛しているよ、ダーリン♡」

「嬉しいわ♡　あなた♡」

たぶん、僕が朝倉菜月《あさくらなつき》として生まれていなかったら。

この朝倉家で十六年も育っていなかったら。

『なんだ？　そのキザで甘ったるいセリフは？　ゲロり～ん』

と、間違いなく思っていたことだろう。

けど、〝慣れ〟というのは実に恐ろしいもので。このセリフをほぼ毎日、キラキラな笑顔と甘ったるい声で囁《ささや》く父さんと。それをまた、うっとり～とした笑顔で真に受ける乙女チック思考な母さんに育てられた僕＆双子の弟・葉月《はづき》にとって、この「ダーリン♡」という単語は、不思議なぐらい「自然な言葉」として身についていた。


好きになれる人に出会ったら。

愛してるって思える人に出会ったら。

その人だけが、僕のダーリン。

ただ一人の、マイ・ダーリン。

だから、心をこめて、愛をこめて。僕も父さんみたいに、呼んでみたい。

「好き。大好き。ダーリン♡」

大好きなダーリンにも、母さんと同じぐらい嬉しそうに微笑んで、答えてほしい。

「嬉しいよ、菜月」

そしてダーリンから僕にも、微笑みを浮かべながら囁いてほしい。

「好きだよ。愛してるよ、菜月。マイ・ダーリン♡」

——って。


それが、夏の夕日を浴びながら。綺麗な海を眺めながら…なんてシチュエーションだったなら、どんなに素敵なことだろう。

最愛の人と手をつなぎ、どこまでも続く砂浜を散歩して。

追いかけっこしたり、立ち止まったり。目を合わせるたびに、ダーリン♡　なんて呟いて。

気持ちが高ぶり合ったら抱き締め合って。

初めてのキスなんか、したりして。

映画みたいな恋をして。

求め合うままエッチなんかもしたりして♡
大好きなダーリンの腕の中で、甘えて微笑み合えたなら、どんなに幸せなことだろう。
なーんて、ね。
ちょっと前までの僕には、そんなキラキラなダーリン像と、キラキラな光景に、予定《ゆめ》も妄想《きぼう》もあったんだけど。

けど――――――ね。

「うっ……うわーっっっ！　どうするの？　どうするの？　どうするの英二《えいじ》さーんっっっ!!」

それは、マイ・ダーリンに早乙女《さおとめ》英二（22）という、破壊的なケダモノ男が収まったときから、こっぱ微塵《みじん》に砕け散った。

「どうするのって、どうにもなんねぇんじゃん」

初めてのキスも、初めてのエッチも。

初めての二人の夏休みも、初めての二人の小旅行も。

「どうにもならないって、そんなシラっちゃけた顔してないでよ！　僕たちのボート流されちゃったんだよ！　あれがないと島にもホテルにも帰れないんだよ！　家にもどこにも帰れないんだよ！

ここってば、ここってば、僕と英二さんしかいない、正真正銘の無人島なのにぃーっ!!」

僕の雄叫《おたけ》びとともに、ザッパーンって波が打ちよせて。

現実問題だけを残しながら、きれいさっぱりと引いていった。

「んーそうだな。ものの見事に流されちまったな。こんなことになるなら、釣竿《つりざお》ぐらいは持参してくりゃよかったな」

なのに英二さんってば、どっかりとあぐらをかいた自分の太股《ふともも》で頬杖《ほおづえ》をつき、眉間《みけん》に皺《しわ》一つよせずに、ヘラヘラとしながら一面に広がる海と空を眺めていた。

「そういう問題じゃないでしょ！　そういう問題じゃ！　ここは無人島なんだよ、無人島！」

僕は非常事態なんだから、せめて立ち上がって慌《あわ》てるぐらいの動作は見せてよ！　とか思って、英二さんの腕を引っぱった。

「そういう問題も、こういう問題もねぇだろう。調子ぶっこいてエッチにのめりこんでるうちに、乗ってきたボートが流されたのは事実だ、事実。大体、人がいないのいいことに、あんあん喘《あえ》ぎまくってイク寸前だったのは菜月なんだから、今更《つか》〝無人島〟を強調するなよ」

けど、英二さんは開き直ったように僕の腕を掴み返した。

自分の太股の上に僕の腰を引きよせて、そのまま強引に横座りさせた。

「そんなことより、さっさと続きをやろうぜ♡」

そしてすかさず僕の海パンの中に手を忍びこませてくると、僕のモノを軽く握り締めてきた。

「あーあー、すっかり萎《しぼ》んじまって。イク手前だったのに可哀相《かわいそう》にな～♡」

僕は包まれた瞬間の気持ちよさに、一瞬「あんっ」とか声が漏《も》れそうになったけど、必死にその手を引っぱりだして、はたきたおして。英二さんの足から立ち上がろうとした。

「だからっっ！　それはそれでこれはこれでしょ！」

「んじゃ、それはそれであとで対策ねるからよ。これはこれで続きをやらせろよ！」

でも、無人島で遭難してるんだよ僕たち！　って事実より、やりかけていたエッチを終わらせるほうが先だ！　大事に決まってんだろう！　と、堂々と主張する英二さんは、僕が腕から逃れることを、あっさりとは許してくれなかった。

「ここで十分や二十分気持ちいいエッチしたからって、これ以上最悪な事態にはならねぇよ。夜になってもホテルに戻ってこなきゃ、ここだって一応はリゾート地のはしくれだ。ホテルの人間が気を利《き》かせて、近所の島ぐらい捜しにくるよ」

それどころか、今度はウエストからじゃなくって、海パンの裾《すそ》から指先を忍びこませてきて。芯のほうじゃなくって、二つの実のほうを小突《こづ》いたり転がしたりして、いじくってきた。

「こっ……こなかったら…どうするのっ…んっ」

僕の両手が、イヤ…っていいながら英二さんの腕を押し退《の》ける。

両足が自然に閉じられて、英二さんの手を挟みこむ。

でも、それは恥ずかしさからくる動作であって、英二さんの仕掛けるエッチへの、抵抗じゃないことはみえみえだった。

「そんときはそんときで考えてやるよ。ほら、足開けって」

英二さんは、僕の両腿に挟みこまれた手に力を入れると、二つの実を丸ごと握り締めて、手中で転がし、もみほぐし始めた。

「――――あっっんっ！」

こうなると、どうにもこうにも僕には逆らうことができなかった。

「やんっ…やぁっ…んっ」

誰もいない島。僕と英二さんの他には、誰もいない小さな小さな無人島。

『青空と太陽の下でなんて！　これって立派に青カンじゃないかっ！』

って思いながらも、僕の吐息はあられもない喘ぎ声になって、英二さんの耳へと絡みついていった。

1

僕が英二さんに連れられて、東京からほど近い〃真夏のリゾート地〃にやってきたのは、八月に入って六日目のことだった。

そこは、おそらく住所的には〃東京都？〃になるんだろう。

小笠原《おがさわら》諸島近辺にある、小さな小さな私有島で、整備されたプライベート・ビーチをメインに、プチホテルというかミニホテルというかが、ぽつんと建っているだけの島だった。

『ひゃーっっ！　うっそぉ!?』

ただ、これだけの島に遊びにくるレベル…のわりには、交通手段が専用クルーザーまたは専用ヘリでの送迎しか用意されていないという、とんでもない場所で。

僕は見慣れた横浜の埠頭《ふとう》に、僕の目の前に、専用クルーザーなんてものがドドンって現れたときには、その場で腰が抜けるかと思った。

『こっ…この旅行って、もしかしなくても、とんでもない額のお金かかってんじゃないの？　英二さんっ！』

なにせ僕が、英二さんからこの旅行に誘われたときには、

「どうにか時間が取れたからよ、近場だけど泊まりがけで海にでも連れて行ってやるよ。せっかくの夏休みだしな」

って、超かるーく言われたもんだから。

「わーい♡　英二さんと一緒に海の家にお泊まりだー♡　近場ってことは三浦海岸《みうらかいがん》辺りかな？　それとも九十九里《くじゅうくり》かな？　それとも湘南《しょうなん》？　逗子《ずし》？」

素直に、庶民的な発想で喜んでいた。

なのに、モロに普段着、背中にリュック、片手に空気までしっかり入ってる浮き袋…の姿で、いかにも高そうなクルーザーに乗せられたときには、場違いすぎて船酔いさえも起こらなかった。

しかも、クルーザーに乗せられただけでも引いたけど、着くまでの間に目的地の簡単な説明をされたら、もっともっと引いてしまった。

『………ひぇーっ。これが全部一個人のというか、一企業の持ち物なの？　このまだまだ不景気な世の中だっていうのに！　お金持ちの感覚って、庶民には永遠に謎だよーっっっ!!』

そう。到着したこの島は、英二さんが以前見学させてくれた、高級服飾ブランド・SOCIAL《ソシアル》のファッションショーの会場ともなった、マンデリン東京というこれまた高級ホテルの系列の一つなんだけど。そこのホテルのオーナーが、ホテルのお得意様だけが、プライベート・リゾートを楽しめるように…って作った、ロイヤルスイート・ルームしかないVIP《ビップ》オブVIPなリゾート・ホテルなんだ。

『大体こんなところをへーへーと笑って利用できる英二さんって、一体…一体何者なのっ!!』

って、SOCIALのオーナーのご次男様であり、いずれは会社経営を任される、次期社長とかって立場なんだけど。それだけなら〝ただのお坊ちゃん〟って感じだけど、それだけじゃないところが英二さんなのだ。

何せ、今現在は自社製品のデザイナーをやってるご長男様に、その比い稀《たぐまれ》なるワイルドで華美で綺羅《きら》で派手な容姿を愛されまくって、ヤング向けの〝レオポン〟(豹とライオンを配合した雑種)というシリーズを作ってもらい、そのイメージ・モデルとかメイン・モデルをしながら、自らも立派にお稼ぎになっている。

なのに、このナンパでタラシっぽい(失礼だけど、顔と体だけっぽい)外見に反し、頭の中身のほうは私立の東大なんて異名をもつ、名門東都《とうと》大学・法学部の四年生で。「あー面倒くせぇ、卒論もあんのによ…」とか言いながらも、司法試験の受験勉強にも、余念がなかったりする。

はっきり言って、並の私立高校にギリギリで、しかも内申と推薦のお手伝いでどうにか滑りこんだような僕のレベルからすれば「人間業《わざ》じゃないよ!」みたいに、スーパー・グレイトにイッちゃってて、ホットでカッコイイのが英二さんなんだ。

本当に、その肩書きがすごければすごいほど、僕みたいな普通の(どちらかといえば運痴《うんち》でおバカな)高校生が、よくもまぁちゃっかりと、恋人の座なんかをせしめたものだと、自分で自分に感心してしまうぐらいだ。

『………はぁ。これで性格までいい王子様だったら、逆に遠慮したいタイプだったかもな』

そんな僕の唯一のつけ入る先、それはもうやっぱり、英二さんのべらんめいで大人気《おとなげ》なくって、決してよいとは褒《ほ》められない、性格のむちゃくちゃさだろう。

『それもなんだな…って、感じだけど』

などと思って、ぼんやりとしていたときだった。

「さーてと、着いた着いた。とりあえず中に入ってチェック・インして、のんびりしてから一泳ぎしようぜ」

英二さんは大きく伸びをしながら、僕より先にクルーザーから降り立つと、

「ほら、こいよ菜月」

「――――――!」

その両腕を惜しみなく僕のほうへと伸ばしてくれて。僕は、クルーザーから英二さんの腕に、胸の中へと降ろしてもらう♡　という大サービスなエスコートを受け、葉月の言うところの〝僕の幸せのツボ〟を、グサグサと突かれまくった。

『このまま死んでもいいかもーっ♡』

「行くぞ、菜月」

「うん♡」

でも、いくら嬉しくっても幸せでも、このまま逝《い》ってしまうのはもったいないから。僕は、英二

さんに誘導されるまま、ビーチから島の奥へ奥へと歩いて行った。

『………わぁ…』

歩きながら、僕は改めて周囲を見渡した。けど、クルージングの途中《とちゅう》で説明されたとおり、ここには本当にビーチとホテルがあるだけだった。

ただ、見渡す限りいっぱいに、南国ムードの植物が咲き乱れてて。

真っ青な空と海に包みこまれるように、囲まれていて。

他にそれ以外の何かを必要とする場所ではないことが、よーく理解できたりした。

『さながらここは、日本の中の…というより、東京の中の〝天国に一番近い島〟なのかな♡』

僕の夢見がちな妄想は、このおとぎ話のような世界観にあおられて、止《と》まるところを知らなかった。しかも、極めつけはやっぱりＶＩＰ専用のホテルそのもので。

『うわ…っ、大きくはないけど、ギリシャ神話とかに出てきそうなゴージャスホテルだぁ♡』

入り口脇には、金のプレートに〝マンデリン・オーシャン〟と彫り綴《つづ》られていた。

真っ白な外壁とその金のプレートが、太陽の光でキラキラとしていて。それだけで僕はクラクラしてきた。

ホテルの中へと足を踏み入れると、そこには一面に磨き抜かれた大理石の床が広がっていて。至るところに緑があふれて。高い吹き抜けの天井からは、これまたゴージャスな水晶のシャンデリアが、天窓から差しこまれる陽を浴びながら、キラキラキラキラと輝いていた。

「どうした？　ポカンとして。部屋はこっちだぞ」

「あ…うん」

僕の期待と高揚感は、ピークに達していた。

これだけの外装・内装のホテルのロイヤルスイート・ルームって、一体どんな？　って。

足下がフワフワとしそうな絨毯《じゅうたん》の廊下を歩きながら、僕のドキドキは体中に広がっていた。

「――――――――」

そして、英二さんが案内してくれた部屋を見た瞬間、僕は正直な感想として、

『ここなら何されても許しちゃうかもっっっ!!』

ってぐらい、舞い上がってしまった。

『すごいすごいすごい、すっごーいっっ♡』

男の僕がコレではしゃいでいいのか！　って気はしないでもないけど。

でも、とにかくここに泊まるんだぞ、って案内された部屋は、王様と女王様のお部屋みたーい♡

って、思うような部屋だったんだ。

『どこもかしこも真っ白ー♡　緑と生花がいっぱーい♡　応接セットのテーブルも大理石だし、アンティークっぽい家具も高そうだしっ！　ソファもクッションもフカフカっ♡　ヒラヒラのレースのカーテンの外には、一面に広がるオーシャン・ビュー♡　アンド、渚のバルコニーだっ！　しかも、しかもしかもしかも！　ベッドもデラックスでフカフカそうな上に、天井からレースのカーテ

ンが下りちゃってるよーっ』

僕は、新婚さんいらっしゃい♡　も真っ青な部屋の入り口に立ち尽くすと、感動しすぎて言葉が出なかった。

「あ？　どうした菜月？　嫌いだったか、こういうの？　お前のチンプなドリーム思考に合わせて、大奮発したつもりだったんだけどな」

英二さんは、ドカドカと入っていった部屋の中央で立ち止まって振り返ると、無反応な僕にちょっと眉を顰《ひそ》める。

「まっ…まさか！　僕、海に連れて行ってくれるって言うから、てっきり芋《いも》洗い状態の海水浴場想像してきたの。泊まるところも海の家…みたいな。だから、それがこんなで。びっくりしすぎて呆然としてるだけ」

僕は、プルプルと顔を横に振りながら、こういうの大好き！　って必死に訴えた。

「なんだ、そっか。だったらよかったぜ。芋洗いのどさくさに、クラゲに追われながら菜月にキャーキャー叫ばせて、抱きつかせるのも俺としてはおつなんだけどな♡」

英二さんは、僕が感動しすぎて無口になっちゃったことを理解すると、手にしていた荷物をその場で下ろし、僕の側《そば》までよってきた。

「まぁここまで合わせたんだから、今回はとことんお前の思考に合わせてやるよ」

恩着せがましい口調でニヤリとしながら、僕を軽々と横抱きにした。

「これでベッドまで運んでやれば、言うことねぇサービスだろう」

「えっ…英二さんっ！」

大きな歩幅でズンズン歩くと、ヒラヒラカーテンのクイーンサイズのベッドへと、真っ直《す》ぐに向かう。

「海に出る前に、ベッドで軽く泳ごうぜ。準備体操兼ねてよ♡」

「英二さんっっっ!!　それは準備体操って言わないでしょ！　本番って言うんでしょ！」

僕は、そのままベッドには歩かせないぞ！　って、反射的に体をバタバタとさせた。

「お！　それもそうだな。こりゃ一本取られたぜ。お前なかなか鋭い突っこみするよな。んじゃ本番ってことで、とりあえずキスでもしようぜ」

けど――――。

「………ん」

見つめられたら逃げられない。

触れてしまったら、逆らえない。

「んっ……っんっ」

英二さんが今すぐ欲しいと言うなら。僕を求めてくれるなら。

僕にはその思いと欲求に、素直に応える以外、何もできない。

「………んっ…んっ」

僕の両腕は、いつの間にか英二さんの首に絡み、合わされた唇には誠心誠意応じていた。

そうじゃなくても次々と見せられたシチュエーションの数々に、僕のテンションは上がりっぱなしなのに。

こんなに深くて長いキスをされたら、僕の体はジン…ってきちゃって。うっとりとしちゃった。

『……英二さん。好き♡』

「なーんてな。ここまできてH《それ》ばっかかっていうのもなんだからな。菜月とベッドで泳ぐのは夜にして、やっぱ外にでようぜ」

「…………へ？」

けど、英二さんはベッドの手前で僕を下ろすと、満面の笑みで「外で遊ぼうぜ」って誘ってきた。

もちろん、ここはリゾート地。それが悪いとは言わない。でも、これはもしかして僕を焦《じ》らすつもり？　なんて思うと、ちょっとムムっ！　だった。

「……英二さん!?」

「時間はたっぷりあるからな。泳いで遊んで昼寝して」

誘うだけ誘って、その気にさせて。はぐらかして、からかって。

なのに思いどおりにされちゃうの？　なんて、感じると、ちょっぴりだけど腹が立つ。

「それから菜月好みのトワイライト・タイムでも演出して。ディナーにはシェフのお任せフルコースでも食って。どうよ♡」

けど…代わりに出される新たな誘惑の数々に、僕はやっぱり逆らえない。

「――――うん！」

逆らえないどころか、いとも簡単に手懐《てなず》けられる。

僕は、以前葉月に「菜っちゃんは、遊んで餌《え》づけしてくれる人が好きな犬型人間じゃん」って言われたけど。今ほど、それを実感したときはなかった。


ただ、その最初の「泳いで遊んで」の段階で、

「んー、天気もいいし、海も穏やかだな。これならちょっと出ても大丈夫か。こいよ菜月。こっちでモーターボートが借りられるんだ。どうせなら沖に出ようぜ」

「え？　英二さん動かせるの？　車だけじゃなくて、船舶免許とか持ってるの？」

「誰にものを言ってんだよ。波と船に乗れなかったら、夏に寂しいナンパ・キングになっちまうだろうが。都心で丘釣りするだけじゃ、真のナンパ道は極められねぇんだよ」

「あ…そういうことね。春夏秋冬にナンパするのも、けっこう大変なんだねっ」

「まぁな。ほらほら、惚《ほ》れ直したらしっかりついてこいよ」

『だめだ……。嫌味が通じてない。もぉ、英二さんってばっ！』

二人でボートに乗って島を離れたのが。小さな小さな無人島なんか見つけたのが。

面白半分で上陸しちゃって、結局夜まで待てなくてHなことを始めてしまったのが。

災《わざわ》いだった…と言えば、災いだったんだけどね。

波が、よせては引いて、引いてはよせてを繰り返していた。

「んっ…んっっ」

さざ波の音は涼しげだったけど。真夏の太陽は容赦《ようしゃ》なく、ジリジリと僕らの肌を焼いていた。

けど、太陽よりもっと熱い…って思わせる、英二さんの愛撫を受け続けて。僕の体は、肌以上に中からほてってって、熱くされて。今にも焼き尽くされそうだった。

「…………ぁっ…んっっ……いっ…ゃ」

ボートが波に流されて、見知らぬ孤島にポツンと残されてしまったっていうのに。

「やっ……もぅ…いいっっ。やぁっ…許してっ。もういいっ」

夜になれば救助にくるだろうなんて、英二さんは軽く言うけど。もし、そうじゃなかったらどうするの？　って状態なのに。

「お願いっ。英二さんっイカせてっ…っ」

なのに、こんなことしてていいの？　いいわけないのにっ!!　って思いながらも、僕は英二さんの腕を拒《こば》めない。

「もう…本当…つらいよ。意地悪しないでっ…お願い」

拒めないどころか、求めて求めて、求めてしまう。

求めた揚げ句に、僕は僕のモノを口に含みながらも、芯の根元をギュッって掴んでいて、まだ一度も昇り詰めることを許してくれない英二さんに、声を発してねだってしまった。

「放してっ…イカせてっ」

「英二さんが好き――――一万回言ったらイカせてやるよ」

なのに、英二さんは僕のモノを舌先で転がしながら、殺生《せっしょう》なことを要求する。

英二さんが好き。いいよ別に。一万回だって、一億回だって、僕は言えるよ。言える気持ちがあるよ。でも、でもーっっっ、言い終わるまでイカせてもらえなかったら、先にどうにかなっちゃうよっ！

「…………ひどぉい」

「なんだって？」

「もう限界だって言ってるのに……っ。耐えられないって言ってるのに。英二さんが好きって、一万回言うのに一体何分かかると思ってるんだよっ」

僕は、僕の下腹部に顔を埋《うず》める英二さんの顔を、恨みがましそうに睨みつけた。

でも、その目には自分でもわかるぐらいたっぷりと涙が溜まってて、これはほとんど泣き落としだった。

「早口言葉で一秒に一回として、一万秒だな。ってえと、二時間と四十六分四十秒ってとこか」

そんなもん、意地悪モードに入ってる英二さんに、通用するはずなんかなかったけど。

「鬼ーっっっ。そんなに止められたら死んじゃうよっ！」

「んじゃ、おまけして。英二さんが大好きを一千回でどうだ。十六分四十秒ですむぞ♡　一気に短縮しただろう」

「それだって狂っちゃうよ！」

「わっがままだな〜。なら英二さんが欲しいを五百回。八分二十秒だ」

「もういいーっ。このまま死ぬっ！」

「だったら、英二さんしかいらない。他に誰もいらない。英二さんがいればこの世界に二人きりでも構わない。この激白のフルコースなら、一回でいいぞ」

『英二さん――――!!』

僕は、不敵に笑う英二さんの顔を見ながら、求められた言葉の激しさに、一瞬肉欲の高ぶりさえ、わからなくなってしまった。

「さぁどうする？　菜月」

そう聞きながら、英二さんはつらいんだろう？　早く言えば楽になるぞ…って顔をしていた。

こんな意地悪しても、僕からそういう言葉が欲しい。聞きたいんだって、顔をしていた。

「………言えるよ。でも、言わない」

だから僕は、あえて逆らった。

「――――――あん？」

肉体的には苦しいけど、つらいけど。最後の最後で抵抗を決めた。

「そんな大切な言葉、一回イクのとなんか引き換えられない。ましてや、交換条件なんかで、言いたくないよ」

「――――――菜月」

「そんなの…そんなの…こんな駆け引きみたいなことをしながら、言いたいセリフじゃないよっ。言うならちゃんと両腕で抱き合って。英二さんの胸に顔を埋めて。英二さんから、世界で一番菜月が好きだ、大事だ、お前がいれば他には誰もいらないって、言ってもらってからじゃなきゃ、言わないよ！」

「…………」

でも、英二さんは僕のあんまりな内容の切り返しに、一瞬呆気《あっけ》に取られたみたいで。目を大きく見開きながら、無意識に手から力を緩めた。

と、その瞬間。

「あんっっ!!」

僕は意地を張っていた意識とは別のところで、肉体だけが勝手に昇り詰めた。

「………んっ…っんっ」

せき止められていた白い蜜が、吹き出すように芯の先端から溢れた。

体中の快感が一点に集まってきて、恍惚《こうこつ》の世界に一気に堕《お》とされる。

「……………んっ……はぁ…はぁ」

目眩《めまい》にも似た脱力に囚《とら》われ、僕は瞼《まぶた》を閉じた。

手も足も唇も、痺れて、震えて。駆け抜けた快感の余韻《よいん》に、浸りきって。全身をぐったりとさせながら、乱れた呼吸に肩を激しく上下させた。

「────────ひっ！」

でも、そんな絶頂の余韻も長くは続かなかった。

きっと、十秒も続いてなかった。

僕は、まだヒクヒクとしたまま形を残している芯の部分を、蔭嚢《たま》ごとギュッって強く握り締められると、突然の激痛に飛び起きた。

けど、そんな僕の目の前には、そうじゃなくてもきつい目をつり上げた英二さんが、僕のことを「この野郎！」って怒鳴らんばかりに、睨んでいた。

しかもその英二さんの頬には、なんか〝ベタッ…〟ってしたものが飛び散っていて。英二さんの乱れた前髪の何本かが張りつき、凄《すご》みというか、なんというか、とにかく迫力を増していた。

『やっぱーっっっ!!』

英二さんは黙ったまま手の甲で、僕の飛ばした白い蜜を拭い取ると、わざとらしく手についたそれをペロリと嘗《な》めた。

その姿は、まるでライオンとか豹とか虎とか、そういう類いの肉食獣が見せる仕草《しぐさ》に、妙にダブ

るものがあった。

『ああ…だからレオポンなのかっ！』

僕は、それが実際はどんな生き物なのか、実物や写真を見たことはなかった。

でも、見たらきっと英二さんの顔とか体とか仕草とかを、意識もせずに思い浮かべられる獣なんだろうと、勝手に納得した。

「ごめんなさいっ」

無意識に謝罪の言葉が口を吐《つ》いた。

別に、とんでもないものを引っかけちゃってごめんなさい！　とか。

痛いからその手を放して！　とか。お願い許して、これ以上ひどいことはやめて…とか、思って発したわけじゃなかった。

多分、これは条件反射だ。

英二さんを怒らせた！　って、察した瞬間には口から出てる。パブロフの犬状態だ。

「ごめんなさ――――!?」

けど、そんな僕に英二さんは唇を合わせてくると、握り締めていた僕のものを開放し、両腕ですっぽりと抱き締めてきた。

『――――英二さん？』

唇から歯列や舌先まで、むさぼるようなキスをされ、僕は困惑してしまった。

「んっ……っ……っん」

英二さんの唇は、僕に呼吸をすることさえ許さなかった。

舌先は呆気なく歯列を割り、僕の舌を巻きこむみたいに絡みついてきた。

深くて激しくて、長いキス。

「んっ…っ…はぁっ」

解き放された途端《とたん》に、僕は大きく息を吸いこみ、肩を上下させた。

すると英二さんはニヤリとしながら、自分の鼻で僕の鼻を小突いてきて、ポツリと呟いた。

「世界で一番、菜月が好きだぜ」

「――――!!」

「菜月が大事だ。お前がいれば誰もいらねぇ」

気を失いそうなセリフだった。

目眩なんかじゃなくって、もう…プツって意識がとぎれてしまいそうだった。

「菜月の他には、誰もいらねぇよ」

「………英二さん」

自分が求めたくせに、いざ言葉や声にされると、どうしていいのかわからない。

こんなセリフは自分で言うより、きっと相手から言われて耳にするほうが、何十倍もの威力があるのかもしれない。

英二さんは、息の根を止められたみたいになっている僕を見ながら、クスッて鼻で笑った。

「だから、菜月も言えよ。この口で」

軽くチュッ…って、唇を合わせて。

「この声で、英二さんが好き、大好きって」

「……好き。英二さんが大好き」

キスとキスの間に、改めて僕の英二さんへの想いを求めてきた。

「このまま、抱いて…って」

「このまま…抱いて」

英二さんへの、肉欲を。

「僕を英二さんで埋め尽くして…って」

「僕を英二さんで埋め尽くして」

英二さんへの、束縛を。

「英二さんしかいらない。他に誰もいらない」

「英二さんしか…いらない。他に…誰もいらない」

英二さんへの、独占欲を。

「この世界に、二人きりでも構わない」

「この世界に……二人きりでも…構わない」

英二さんへの、信頼を――――。

『……英二さんとなら』

僕は、英二さんの胸に顔を埋めながら、僕からも力一杯、英二さんのことを抱き締めた。

「おいおい！　言いなりになってると、本気にすんぞ。このまま二人で、この無人島に住み着くとか言い出すぞ俺は！」

英二さんは、僕にありとあらゆる想いを言葉に出せって求めたくせに。それがすべて思いどおりに返ってくると、茶化すようなことを言ってきた。

照れ隠しのように、チュッって軽いキスをしてきた。

だから、今度唇が離れたときは、僕の番。

「いいよ、英二さんとなら」

「………菜月？」

僕が、英二さんに求める番。

「英二さんとなら…どこでも生きられそうだもん。無人島だろうが、ジャングルだろうが。砂漠のど真ん中だろうが、アラスカの外れだろうが」

僕の言葉で、求める番。

「でも、どんなところでもいいから、毎日好きって言ってくれなきゃいやだ。毎日菜月だけだって言ってくれなきゃいやだ。いっぱい褒めて、いっぱい優しくして。気持ちよくして。何もかも満たして。このまま死んでもいいって思うぐらい、ずっとずっと幸せにしてくれなきゃ、いやだ」

僕がどれだけ英二さんに恋しているのか。

好きでいるのか。

欲しているのかを、ぶつける番。

「なっ！　わっがままだな〜菜月は。本当に、容赦がねぇな」

「だめなの？」

「いや、んなことはねぇよ。菜月のそういう、わがままならな」

でも、英二さんはそんな僕の要求に、嫌な顔は見せなかった。

それどころか照れくさそうにしながらも、顔には極上の微笑を浮かべ、僕を力一杯抱き締めてくれた。

「わがままだと思うぐらい、俺はお前から強く激しく、求められたいからな」

『英二さん――――』

束縛したいほどに、されたいという想いは、同じだった。

求めるほどに、求められたい。

好きと言うだけ、言われたい。

「菜月、好きだぜ。お前だけだ」

僕と英二さんは、互いに強欲な想いを晒《さら》し合い、突きつけ合うと、それを表現するように互いの肉体を求め合った。

「お前だけが好きだ」

抱き締め合って、キスをして。

僕は何の躊躇《ためらい》もなく英二さんに海パンを剥《は》がれた。英二さんも自ら脱ぎさる。

一糸纏《まと》わぬ人の素肌が、こんなにも優しくて気持ちがいいんだ…ってことを、僕たちは互いに感じながら激しく身を重ねていった。

『英二さんっ…っ‼』

僕はその場で、英二さんと数えきれないほどのキスを交《か》わした。

それこそ体中をむさぼられるような、愛撫もされた。

高ぶる芯や蔭嚢や蜜部を、丸ごと手でも口でも愛されて。何度も何度も昇りつめた。

「入るぞ、菜月」

「んっつんっ…っ！」

そして、蜜部が十分に潤いほぐれたころに、英二さんは自身を僕の中へと埋めこんできた。

「────っぁっ！」

僕は、英二さんが僕の中で昇りつめるまで、尽き果てるまで。英二さんの背中にしがみつきながら、激しく突き立てられるのをジッと受け止めていた。

「英二っ…っさ…っ…えいい…じっんっつ」

この挿入の行為自体に、痛みがないといえば嘘になる。

英二さん自身は、本当に熱くて堅くて大きくて。

もともと逞《たくま》しいなんて表現には縁遠い、僕の肉体や蜜部で受け止めるには、負担が伴って当たり前って、ぐらいだから。

「あんっ……っいっ…」

でも、だからといって英二さんは、突き上げては引き出し、引き出しては更に激しく突き上げてくる動作を、決して緩めたりはしなかった。

「ついっっ…んっ」

「痛いか？　苦しいか？」

言葉では優しく確認を取り、気遣ってもくれるけど。体のほうは「止められない」って言ってきた。

「平気…大丈夫……」

僕は、精一杯受け止めるだけだった。

英二さんの勢いは、僕の内壁をめちゃくちゃに割《さ》いて壊しそうなぐらい、強引なものだけど。

「…大丈夫…だから…、もっと…いいっ…」

僕は、それでも僕自身で英二さんのことを受け止めたかった。

たとえ壊されても、僕だけが英二さんを受け止めてるんだって、肉体に刻み込みたかった。

「好き…英二さんが…好き。だから…平気っ」

肉体への苦痛は蜜部から徐々《じょじょ》に肢体《したい》へと広がり、どこもかしこも痺れたように気怠《けだる》くなってくる。

砂浜に敷き詰めたシートは地熱を防ぎきれなくて、僕の背中を焦《こ》がしていく。

「菜月…っっ…」

でも、そんな熱さえ、僕の中に埋めこまれた英二さんの熱さには敵《かな》わなかった。

重ね合う英二さんの肌の熱さには、敵わなかった。

「菜月っ…っ！」

火を噴くように互いが熱くなると、英二さんは僕の奥の奥まで突き上げて、ようやく一度目の絶頂へと昇り詰めた。

「英二……ぁ…ん……んっ……!!」

僕は、僕の中に流れこんできた英二さんの熱いほとばしりを感じると、もう何度目なのかわからない絶頂感に意識が飛んでしまい、記憶をそこでとぎれさせてしまった。


優しい波音に意識を呼び起こされたのは、それからどれくらいあとだったんだろう？

「んっ……ん？」

僕は、砂浜から少し奥まったところにあった木陰で、英二さんの腕の中で、ウトウトとしながら目を覚ました。

『たしか、恐ろしく開放的な気分になって。しかも開放的な姿になって。エッチしまくった気がするんだけど……』

見れば僕も英二さんも、しっかりと身繕《みづくろ》いがされていて、(と言っても水着とパーカーを着ているだけだけど)僕は、何気ない英二さんのまめまめしさに、思わず顔がほころんだ。

『……よく寝てる』

でも、英二さんは僕が先に目が覚めたのにも気づかないぐらい、いかにも肉体労働に疲れはてて熟睡してます！　って状態だった。

『そりゃ、そうだよね。毎日毎日、お仕事や勉強で忙しいんだろうに。朝も早くから僕を家まで迎えにきてくれて。こんな素敵な場所まで連れてきてくれて。その上、さんざん泳いだ揚げ句にエッチしまくっちゃったんだから、いくら強靭《きょうじん》な英二さんだとはいえ、睡魔には敵わないよね』

僕は、英二さんの寝顔を眺めながら、自然に笑みが漏れてくるのが止められなかった。

『日が沈むまでにはもう少し時間がありそうだし。気がつくまでこのままにしておこう』

こうして側にいて、二人っきりの時間が過ごせていることだけで、「幸せ♡」って気持ちが溢れるのを、止められなかった。

『こんなふうに、二泊三日も過ごせるのか〜♡　なんだかんだ言って、初めてだよな♡』

ラブホテルや英二さんのマンションに、泊まったことは何度かあった。

でも、両親からも以心伝心の葉月からも、こんなに距離の離れたところで、二泊三日もするのは初めてのことだった。

『二泊三日。英二さんと、マイ・ダーリンと二人きりの三日間』

けど、その〝三日間〟という単語は、口にする度、思う度。僕に一つの苦い出来事を蘇《よみがえ》らせる、独特な響きを持っていた。

『三日間…かぁ』

それは、僕と英二さんの関係が、〝三日間限定の偽造恋愛〟から始まった……という、とんでもない馴《な》れ初《そ》めが原因なんだけど。

『三日間だけ、僕の恋人になってください……か』

あのときは、なんて浅はかなことを言ったんだろう。……してしまったんだろう。僕は、英二さんとの出会いを振り返る度に、今でも反省してしまう。

いくら一つ上の先輩であり、恋人だった来生直也《きすぎなおや》先輩に、アルバイトに夢中になってて構わなすぎた結果、心変わりをされたからといって。

その変わった先が、よりにもよって僕のフォローに回っていた弟の葉月だったからといって。

おまけに僕の、兄の恋人なんだってわかっていながらも、直先輩を好きになってしまった葉月の心を、知ってしまったからといって。

それをすべて円満解決（復讐こみの自己解決）しようと企《くわだ》てて。

僕は、街で見つけた英二さんに、ただ〝先輩とは正反対のタイプでカッコイイ男だったから〟って理由だけで声をかけ、いきなり「お金は払うから、アルバイトで僕の恋人をやってください！」なんて、失礼なことを頼んだんだから。

『改めて考えなくたって、そんなことをいきなり頼まれたら、普通は怒って当然のことだよな。ましてや英二さんは、見た目も性格もカッ飛んでるし、むちゃくちゃも言うけど。最低のマナーや道徳に対しては、かなりきっちりとしている大人の人なんだもんな〜』

今思えば、だから英二さんは最初に僕に向かって、「理由は？」って確かめたのかもしれない。

僕が〝こんな無茶《むちゃ》なお願い〟をしたことに、何かしらの事情を勘ぐって。

なのに僕は、男にふられたから…っていう事情が説明したくなくって。言えません。何も聞かないで引き受けて…としか答えなくて。

もしかしたら、だから英二さんはそんな僕の真意を試したいばっかりに、「金はいらねぇから、バイト代は体でよこせ」とか言ったのかもしれない。

僕にとっての〝英二さんの必要性〟っていうのを、〝その必要性に隠された理由の重さ〟っていうのを探るために、あんな要求をしてきたのかもしれない。

『……あくまでも、憶測だけど』

けど、あのときの僕には、あのときの英二さんの口調や態度からは、とてもじゃないけど〝奥深い大人の心理〟までは読み取れなかった。

それこそ用意していたアルバイト代の六万円より、そのほうが安上がりだろうとか言われて。「このナンパ野郎！　僕が六万以下の値打ちしかないってか！　冗談じゃない、目に物見せてやる！」

みたいにムキになったし。自棄《やけ》にもなった。

結局ラブホテルまで一緒に行って。英二さんをとことん怒らせて。

初めてのキスも初めてのエッチも、衝動のままに済ませてしまった。

『僕は、なんだかんだいって利用したんだよな。英二さんのこと』

正直言って、僕は直先輩に心変わりされて、いじけてた。悲しくって、悔しくって。現実から逃れたくって。それが叶うなら、自分自身の貞操なんかどうでもいいと思っていた。

事情が事情だったから、誰よりも僕を理解してくれる葉月にも、泣きつくことができなくって。

誰にも慰《なぐさ》めてもらうこともできなくって。

心のよりどころも、思いきり泣ける場所も、何も見つけられなくって。

成り行きで一時の快感を得られるなら。それでこの切なさが少しでも紛《まぎ》らわせるなら。

そういう思いで、僕は英二さんとセックスしちゃって、ガタガタになっちゃったんだ。

『なのに、そんな僕に巻きこまれただけなのに。英二さんってば、僕のヴァージンを見抜けずに、うっかり奪ってしまったことに対して、かなり真剣に責任を感じてくれて。僕に対して、どうにかして償《つぐな》おうって、一生懸命になってくれた』

僕はただ、直先輩や葉月に、もっといい男をゲットしたもんね！　って、見せつけたかっただけなのに。

だからと言って、大嫌いになることもできなかった葉月や直先輩に、偽善からなのか本心からなのか、これからは僕には構わずちゃんとくっついて、恋人になってね…って、言いたかっただけなのに。

僕はそのために、見かけより全然優しくって、ものすごく律義な英二さんって人が、良心に呵責を負ったり犠牲を負うことになるなんて、考えもしなかったんだ。

『だったらいっそ、何も考えずにいられればよかったのに。どさくさに紛れて、英二さんを好きになっちゃうなんて。皮肉なもんだよね。それとも、これが人との結びつきとか、運命ってものなのかな？』

僕は、僕の喜怒哀楽や妬《ねた》み嫉《そね》みのすべてを見通してなお、笑って三日間の約束を果たし、恋人として完璧にこなしてくれた英二さんに、本気で本気の恋をしてしまった。

『生まれて初めて他人《ひと》を好きになった。ファースト・ラブを自覚した。僕は、この人がきっとマイ・ダーリンなんだ…って、直先輩のこと思ってた。なのに――――』

僕は、ふられたすぐあとに、セカンド・ラブをしてしまった。

直先輩への想いがどんなものだったのか、思い出せないぐらい英二さんという人に、激しく恋をしてしまった。

そして、そんな僕に英二さんも、僕の変わりゆく心の過程のすべてを承知の上で、僕を好きになってくれた。

好きだって言ってくれた。

『英二さん…大好き』

菜月が可愛いって。菜月を離さないって。

菜月を誰にもやらない、俺に一生くっついてろって。

『英二さん。僕ね、どうして…って、自分でも思うぐらい。今英二さんのことが、好きだよ』

僕は、英二さんとのメモリーを静かに振り返りながら。英二さんの寝顔を覗きこみながら。

今こうして側にいられることを、心から神様に感謝してしまった。

とは言っても、その感謝が二時間も持たないってところが、僕の信仰心のなさなんだけどさ。

「ねぇ、英二さん。誰も救助にきてくれないよ」

でも、こういう状況に追いこまれたら、それも仕方がない…って自己弁護。

だって僕は、英二さんの寝顔を見ながらも、それなりに何度も海のほうを眺めては、「通りかかる船はないのかな？」とか、「ホテルの人が捜しにくる様子はないのかな？」とか、ちゃんと気にかけてはいたんだ。

なのに、それらしい船は一艘たりとも通らないまま、無情にも太陽はどんどん沈んでいこうとしているんだから。

「そうだな。この時間になっても捜しにこないってことは、俺たちがホテルに戻ってないってことに、まだ従業員が気づいてねぇな。しかも、このあとに気がついたとしても、完全に太陽が沈んじまったらアウトだ。イカ釣り漁船じゃねぇんだから、海での行方不明者を捜し回るのに、夜動くってことは普通しねぇもんな〜」

本当なら、夢にまで見た海でのトワイライト。

空も海も朱《あけ》に染まり、海岸線を歩きながら戯《たわむ》れるには、絶好のチャンス。

「えっ！　そんなっ!!　じゃあどうするの！」

手をつないで、散歩して。

おいかけっこして、捕まえて。

抱き締め合って、キスをして。

目と目を合わせて、マイ・ダーリン…アイ・ラブ・ユー♡　の予定が。予定が予定が予定が!!

「どうするの…って、この分じゃ今夜は野宿だな」

「野宿っっっ!!」

野宿って、一体何事なんだよっっっ!!

『ってことは、あのロイヤルスイートルームは!?　フカフカのベッドは!?　シェフにお任せのディナー・タイムは、どこにいっちゃうんだよーっっっ!!』

そんな心配よりも、考えるべきことがあるだろうに。僕の思考は、あまりに正直すぎた。

「なに、とりあえず一晩どうにかすれば、明日には捜しにくるだろう。そんなことより問題は腹が減った！　今夜の飯を探さないと、俺は飢える。火と水の確保も必要だ。とにかく日が沈みきらないうちになんか探しに行くぞ、こい！」

英二さんの思考は、現実的だった。

「うっそぉっ！　マジ？　本当にサバイバルなの？　僕、アウト・ドア・ライフなんて、学校のキャンプ・ファイヤーぐらいしかやったことないのにっ！」

「いいから四の五の言わずについてこい！　日が沈むまでが勝負だぞ！」

「…………えっ…英二さんっ！」

それにも増して、英二さんがとった行動は、輪をかけて現実的なものだったけど……。

「ちんたらしてっと置いてくぞ！」

「待ってよ、待ってってってばーっ！」

僕は英二さんに急《せ》き立てられながら、未開の孤島の奥地へと足を踏み入れた。

「足下に気をつけろよ。木の根がけっこうはってる」

「う…っうん」

道なき道の獣道。僕は、英二さんに手を引かれながら、鬱蒼《うっそう》とした木々の中をヨタヨタと歩いてついていった。

と、しばらく歩いて、僕は思った。

『……なんか…この島って、見た目より随分《ずいぶん》奥行きのある大きさの島だったんだな』

不思議な感じがした。

たしかボートで乗りつけた海岸部分は、見渡せる程度の広さしかなかった。

多分砂浜を端から端まで計っても、二百メートルぐらいじゃないのかな？　っていうぐらいの、ちょっとした湾で。

なのに、海岸から島の中心部に進むように草木の中を歩いて行くと、この奥は一体どこまで続いてるの？　っていうぐらい、距離感を感じた。

聞いたこともない鳥の鳴き声や羽ばたく音が、どこからともなく聞こえてくる。

時折草木がカサカサと音を立て、僕たち以外にも生き物がいる…っていう、気配を感じさせた。

お花屋さんでは見たこともない草花が続く。

ここは、日本の海域のはずなのに。しかも東京都下のはずなのに。

まるで、亜熱帯のジャングルにでも迷いこんだの？　って思わせるぐらい、不思議な不思議な場所だった。

でも、景色が現実離れしてくればしてくるほど、僕の中には不安が肥大してくる。

「えっ…英二さん、こんなにドカドカと奥に進んじゃって、迷子になったらどうするの？　それに辺りが暗くなってきたよ」

こんなところにきちゃって、元の海岸まで帰れるの？

僕たち本当に、明日になったら救助されるの？　って。

「安心しろって。俺の帰巣本能は獣並だ。そんなことより前を見てみろよ菜月。俺たちそうとうラッキーだぜ」

けど、そんな不安は憎らしいぐらい余裕のある、英二さんの笑みに消されていく。

「前？　あ！　お水だ！　しかも…池みたいに溜まってる！」

「溜まってる上に餌《えさ》まで泳いでんぞ。こりゃ天然の生簀《いけす》だな。よし、こっちは俺がなんとかすっから、お前はそこら辺から枯れ枝でも集めてこいよ」

「うっ…うん！」

一人じゃないから。英二さんが一緒だから。きっと僕は大丈夫…って、気持ちにさせられる。

『それにしても英二さんって、なんでこんなにこういう場所とか状況が、マッチしちゃう人なんだろう。やっぱ本性ケダモノだからかな？』

僕は、パーカーを脱ぐと池の中へと飛びこんで、餌なる魚を捕り始めた英二さんを眺めながら、改めて感心してしまうことがあった。

英二さんは、見た目に反して実は〝自然の中に生息している〟のが、すごく似合う人なんだ。

普段は大都会の町並みや、ギラギラとしたネオンがしっくりと似合っちゃうような、まさに芸能人！　って華美・綺羅なタイプの人なのに。

見た目の逞しさだけじゃなくって、内側から漲《みなぎ》るものすべてがワイルドで。

本人は無意識なんだろうけど、自然界にとても調和している。

『自分を取り囲むすべてのものを、自分の背景や飾りにしてしまう人だよな』

多分、ここが一面に広がる砂の世界でも。特別に何もない、氷に閉ざされた世界でも。

草原でも。火山でも。それこそ宇宙空間でも。

英二さんはきっと、そういう自然のエネルギーが漲る場所であればあるだけ、そのエネルギーを吸収し、自分が数倍も輝ける人なんだ。

『こうして見ると、カッコイイ上に綺麗だよね、英二さん』

女性が綺麗だって表現される美しさとは、天地ほど違うんだろうけど。

バランスの取れた等身も。無駄なくついて締まっている筋肉も。長い手足も。関節の一つ一つも。

どれもこれもが、男性特有の色香を惜しみなく漂わせて。

雄の美しさみたいなものを、全身に持っている。

『………僕は、あの肉体に抱かれて…愛されたんだ』

不意に、そんな思いがわき起こる。

と同時に、ついさっき合わされたばかりの肌がわなないて。ピクンと芯がうずいて。僕はせっかく集めて両手に抱えていた枯れ枝を、バラバラと足下に落としてしまった。

『うわっ！　違うよ違う！　ここで欲情してどうするの、僕ってば！』

さっきあれだけしたのに。イッたのに。

こんなことでまた欲情的になってしまうのは、この不思議な空間のせい？

それともやっぱり――――――？

『フェロモンふりまくりの英二さんのせい！　セクシーすぎる英二さんのせい！　絶対に、他に理由なんかない!!』

自問自答しながら、僕は足下にばらまいた枯れ枝を集め直した。

熱くうずき始めた芯の部分から、気を逸《そ》らそうとしているのが自分でもわかる。

なのに僕の目は、英二さんの姿ばかりを映《うつ》したがる。

僕の心も体も、英二さんのことばかりを求めたがる。

愛することを、愛されることを、もっともっとって求めたがる。

『英二さんって、僕にとってはそうとう罪な存在かも』

僕は、一秒も側から離れたくないって思うほど、気がつけば英二さんのことばかりを求めてる。

『単に僕が、イッちゃいすぎてるだけだとは思うけど』

英二さんは、そんな僕の視線に気づくと、こちらを向いて少し目を細くしながら不敵に笑った。

濡れた髪が、滴る水滴が、やけた肌に色香を増して、ゾクリとするほどセクシーだ。

『思わず抱いて…って、言わせる男だよね。英二さんって』

我ながら、なんて大胆なことを思っているんだろう。

なのに、英二さんはなにを思ったのか。いきなり、僕に捕まえた獲物というか、魚を見せびらか

しながら、

「安心しろって！　大量大量大量！　今夜はパーティーだぞ！」

すぐに食欲を満たしてやるから、そんな飢えた顔するな！　って口調で豪快に笑ってきた。

『違うのに。そんなんじゃないのに！』

今すぐに満たして欲しいのはお腹じゃなくって、もう少し下のほうなのにっ。

『げっ！　なんてこと考えてるんだ！　僕って、実は食欲より性欲のほうが、上回るタイプだったのかな？　それともこういう状況を、ドッボに嵌《は》まってるって言うのかな？』

だからと言って、じゃあ今すぐ望みどおりにエッチなことしようぜ♡　とか仕掛けられても、僕には絞りだすものも残っていないのが現実なのに。

多分、いじったって形が整うだけで、体がジンジンと痺れるだけで。抜ける快感っていうのが、得られるわけではないのに。

『ずっと抱き締めていてほしいし、抱き締めていたい。素肌と素肌をぴったりと合わせて、脈動を一つにして響かせて。なにもいらないから、そうしていたいって…本気で感じてるなんて』

僕は、本当に英二さんのことばかりを求めて、今までには覚えがないほど強欲になっていた。

そのあと僕らは、池や池の周りでかき集めた天然食材で、二人だけのパーティーをした。

それは、高級ホテルのシェフお勧めのフルコースディナー…とは、かなり次元の違ったものになったけど。英二さんが限られた条件の中で、一生懸命奮闘して用意してくれた！　っていう事実だけで、僕には三ツ星レストランにも負けないぐらいの、ううん…それ以上のご馳走《ちそう》になった。

「ご馳走様でした♡」

そして夕食をすましたころには、辺りはとっぷりと暗くなっていて。けど、空が晴れ上がっていたことが幸いしたのか、太陽の代わりに姿を現した月と星が夜空を照らしてくれて。

僕らはときが過ぎていっても、真っ暗闇に包まれることはなかった。

もちろん、たとえ真っ暗だったとしても英二さんが側にいてくれれば、僕の心が真っ暗闇に包まれちゃう…なんてことは、ないんだけどね。

『………英二さん♡』

僕は、他愛もない話をしながら英二さんにペタッって身をよせて、他にはなにも考えられないよ…ってぐらい、至福の中で静かな時間を過ごしていた。

「おっと、ダラダラしてる間にこんな時間か」

と、英二さんは不意に手首を視線の前へ持っていき、嵌めていた腕時計を眺め呟いた。

僕も、そんな仕草に釣られるように、英二さんの手首を覗きこむ。

「あ、本当だ。もう十二時過ぎてるんだね」

「日付が変わって、ハッピー・バースディだな。菜月」

「――――え？」

けど、そんな僕に英二さんは口許で笑うと、

「十六歳、おめでとさん……」

僕をビックリさせるようなことを呟いて、優しく目許にキスをしてきた。

「…………英二さん。え？　どうして？」

僕はちょっと混乱しながら、英二さんの視線に視線を合わせる。

「ん？　なんで教えてもいないのに菜月の誕生日を知ってるかって？　そりゃ愛よ」

「え？」

「なんてな。前に一度お前の手帳を物色したときに、生年月日が書いてあったから覚えてたんだよ。わっかりやすいっていうか、覚えやすいよな。お前の、いや…お前らの誕生日って。八月七日の双子で〝菜っ葉〟だもんな」

「ううん。僕らは七月八日生まれだから〝菜っ葉〟だよ」

「そうなんだよ、七八で菜っ葉でよ。こういう洒落《しゃれ》を利かしたのは、やっぱあのノリのいいお袋さんの……あ!?　今なんて言った菜月！」

でも話が行き交ううちに、その困惑はすぐに英二さんのものになった。

「え？　だから…僕らの誕生日は、七月八日。夏野菜の美味しい季節だから菜っ葉。おまけに生まれた日がちょうど月のきれいな夜だったから、それで菜月に葉月になったらしいよ。英二さん、パラっと見ただけだから、きっと勘違いして覚えたんだよ」

「――――――」

英二さんの困惑は、絶句になった。

それこそ「あっちゃー」って声にはならない呟きが、今にも聞こえてきそうなほど。

英二さんは僕の誕生日をひっくり返して記憶していた事実に、「しまった!! 一生の不覚だ」って顔をしていた。

「………あ！　じゃもしかして、この旅行ってプレゼントだったんだ！　英二さんが僕のお誕生日を祝ってくれるつもりで、企画してくれた。そういうことだったんだ♡」

でも、僕にとってはそんな〝日付の勘違い〟なんて、どうでもいいことだった。

英二さんが僕のお誕生日をちゃんとチェックしててくれて。それに合わせて、こんなにきれいな海や、あんなに豪勢なホテルを用意してくれたなんて。

その事実があるだけで、僕は「嬉しい♡」以外の言葉なんか、思い浮かばなかった。

抱きついて「ありがとう♡」って気持ちを、全身で示すことしかできなかった。

『英二さんっ大好きっ!!』

けど、気合いを入れてお誕生日企画を仕掛けてくれたんだろう英二さん本人としては、やっぱり「外した！」っていう気持ちが拭いきれなかったのか、僕の体を少し押し離すと、ジッと目を覗きこんできた。

「……そういうこともなにも。日にちが違うんじゃ意味ねぇだろうが。なんでお前は誕生日のときに、俺に向かってプレゼントの一つや二つ、催促しねぇんだよ。一緒にケーキ食えとか、祝ってとか、なんか買ってとか。言えよ自分から。みずくせぇな」

「そっ…そんな図々しいこと、僕には言えないよ！　第一僕の誕生日って、期末テストの前でピーピーしてた時期だし、英二さんだって忙しかったでしょ。ましてやあのときは、まだ僕と英二さんはこんなふうには――――あ」

しかも僕は、英二さんをフォローするつもりで、墓穴をほった。

なにも今言わなくてもいいことを、うっかりと言ってしまった。

「僕と英二さんは、こんなふうに恋人としては、つき合ってなかったときだった…ってか？　まぁ、そう言われりゃそうなんだけどよ。あんときは俺だけが、お前の男をやってるつもりで舞い上がってたときだもんな～、菜月」

英二さんの僕を見る目が、菜月はけっこう薄情なところがあるもんな…って、恨みがましい。

「そんな、グレないでよ英二さん！　僕、日にちなんかどうだっていいよ。本当だよ!!　英二さんが僕の誕生日のために、なにかしてやろうって思ってくれたことが一番嬉しいんだもん。こんな素敵なプレゼントはもらったことがないよ！」

だから僕は、食い下がる。

なんとなく、わざといじけて見せる英二さんに、いいように釣られて喋《しゃべ》っているような気もしないではないけど。

「――――――――でもな」

「だったら僕の誕生日、これからは今日にする！」

食い下がって、抱き締めて。僕の喜びや感謝の大きさを、言葉にも態度にも出して訴えた。

英二さんの僕への想いを、今以上に熱くするために。

「――――――――あ？」

「一緒に生まれた葉月には悪いけど、生んでくれたお母さんにも悪いけど。僕の誕生日はこれから八月七日にする！　英二さんがおめでとうって言ってくれた、今日にする！」

「……………菜月」

そしてここまで僕が言いきると、英二さんは「なにもそこまで言わなくってもいいよ…」っていう、照れくさい顔になる。

これは、さっきと同じだ。

「英二さんのために僕が生まれた。英二さんだけの僕が生まれた…って、そういう日にする」

互いの気持ちを十分にわかっていながらも。それでもまだ言葉で確かめたいという欲求がある。

見えないものを目で見たい。

形のないものに実態が欲しい。

測定できるものなら、好きという想いを測定し。互いが互いの一番好きな相手なんだってことを、この目で見たい。確かめたい。

「……菜月」

そんな、計り知れないほど強い、独占欲だ。

「だから…。これからはずっと、英二さんは八月七日に僕を祝って。この日を、英二さんだけが知ってる、僕のシークレット・バースディにして」

僕は、またチンプなこと言いやがって…って、呆《あき》れられるかな？　なんて思ってはいたけど。英二さんが僕からのこの言葉を、想いを、決して喜ばないはずはない！　って、確信があった。

「――――お前は」

だって、そんなこと言いやがって、恥ずかしくって言い返す言葉もねぇよ……って、口調は言ってるんだけど。僕を抱き締める英二さんの腕には、自然と力が入ったから。

「プレゼントなんか、なにもいらないから。必ず毎年この日におめでとうって言って
菜月…って、俺の菜月って言ってるみたいに、僕を抱き締めてくれたから。

「英二さんがそう言ってくれなくなったら、そこが僕の寿命の終わりだからね」

だから僕も、もっともっと強く抱き締め返した。

英二さんが好きなの。

好きって言葉を繰り返すたびに、胸も体も熱くなるの。

一瞬も離れたくないの。

このままこうしていられるなら、ずっとこうしていたいよって、本気で思うぐらい。

そういう気持ちをこめて、英二さんに抱きついた。

「それは、一生誕生日祝いを忘れるなよって、脅《おど》しか？」

「ううん。英二さんがいなくなったら、僕死んじゃうって脅し」

「……おいおい」

「本当だよ。英二さんがかまってくれなくなったら、側にいてくれなくなったら。好きって言ってくれなくなったら、僕の心臓はきっとそこで止まっちゃうよ」

生きるものすべてが、〝水〟なしでは生きられないように。

僕は英二さんからの想いがなくなったら、生きられないかもしれない。

ううん。水なんかなくても数日は生きられるかもしれないけど。

僕は英二さんに嫌われたら、一日も生きてはいられない。

「三日も持たずに、死んじゃうよ」

それぐらい、そんな大袈裟《おおげさ》なことがサラリと言葉になってしまうぐらい。僕は今、英二さんの強くて大きくて、激しいまでの愛情で、生かされてる気がした。

「わかったよ。ずっとかまってやるよ。側にいてやる。この先どんなに忙しくっても、行き違っても。一日一度は必ずお前に好きだって…言ってやるよ」

『――――英二さんっ!!』

それはこの無人島に、僕たちが二人きりなんだって現実が、大きく作用している感情なのかもしれないけれど。

もしかしたらこのまま、本当に二人きりで…なんて思いが、僕をメランコリックにしているのかもしれないけれど。

でも────。

こんな条件だからこそ、英二さんの存在が僕の中でどれだけの意味や強さを持っているのかが、はっきりと見えた気がした。

「本当だよ。約束だよ。三日分まとめてとか、一週間分まとめてなんていう省略は、絶対になしだからね」

「…………ああ。そんなことはしねぇよ。こっちだって毎日お前にこの想いを吐きだしてなきゃ、体の中にすぐに溜まっちまって、溢れるぐらいに溜まっちまって、健康を害しそうだからな」

英二さんがいるから大丈夫。

英二さんがいれば、僕はどこでだって生きていける。

英二さんが僕を好きでいてくれる限り、僕はどんなことにも負けないでいられる。

そう心から、思うことができる。

「俺は、お前に好きだって言ってなきゃ、いられねぇんだ」

「────！」

「お前が俺の言葉を聞いて、受け止めて。そういうわがままをぶっこいてねぇと、俺はこの想いをどこにも吐きだせなくって、息が止まりそうになるんだよ」

そしてそれは、英二さんもきっと同じ……だよね。

「……英二さん」

だって、抱き締める腕にも、寄せてくる頬にも、僕と同じ想いが感じられるから。

「俺は俺が生きていくためにも、お前を絶対に離さないからな。菜月、間違っても俺から逃げるなよ。こんなに俺を夢中にさせて、俺から離れて裏切るようなことしやがったら…、俺は何するかわからねぇぞ」

「………ん」

英二さんの唇が熱い。

「んっ……っんっ」

英二さんの唇が触れてくる箇所の、すべてが熱い。

「菜月……っ…」

「……あっ…んっ。英二さん……」

僕たちはとっても欲張りだから、求めても求めても、求めたりない。

「えい…じ…さっ」

互いを互いで埋めたくて、目が合うたびにキスをしていた。

キスをするたびに抱き合っていた。

それこそ、翌日の朝も、昼も、晩も――。


「……船……通らないね」

「……だな」


次の日には救助されるだろうなんて思っていたのに、誰も捜しにきてくれなかった。

もしかしたら、本当にこのままかもしれない。

そんな不安な気持ちが、いやおうなしに生まれてくる。

でも、それを二人でごまかすように、勇気づけるように、僕らはずっと愛し合っていた。

僕も英二さんも、食べて眠っている以外のほとんどの時間を、イチャイチャとエッチなことをしながら、過ごしてしまった。


そして無人島で二泊を過ごし、三日目に突入した朝――。


「早乙女様、お時間です。お迎えに上がりました」

なぜか僕らは、流されたはずのモーターボートに乗って、颯爽《さっそう》と現れたホテルのボーイさんと支配人さんに笑顔で迎えにこられた。

『————へ？　お時間です？』

「天気が崩れなくて、本当にようございましたね」

「そうだな。このオプション・コースは天気が崩れたら一巻の終わりってやつだからな。運がよかったぜ」

しかも、紳士な笑みをふりまく支配人さんに向かって、英二さんは極上の笑顔で「ラッキーだったぜ」って、ウィンクを飛ばした。

「天気が崩れたら、一巻の終わり？　オプション・コース？　えっ…英二さん！　まさかそれって、この野宿の二泊もお誕生日企画こみだったってこと!?」

支配人さんとボーイさんは、僕がなにも知らずに体験させられて、まんまと二泊三日を無人島で過ごしたことを知ると、クスクスと微笑み合った。

「いや。正確に言えばこの無人島体験そのものが、お前に用意した誕生日プレゼントだよ。とは言っても、この島はかなり細長い島でよ。実際はこの人工的に作られたジャングルを奥の奥まで突き抜けると、最初に菜月を案内したホテルが建ってるって寸法なんだよ。だから、無人島に見えるように作ってはあるが、実際はそうじゃないってことさ。いや、苦労したぜ。お前の目をくらますために、ボートでグルグルと海原を乗り回したのは」

「————ええっ!!　人工的なジャングル!?　ホテルの裏側？　ボートでグルグル!?」

「おう。そうじゃないと、いざ何かがあったときに、迎えにもこれねぇ一大事になるからな。海は荒れるとマジにおっかねぇ。人間なんてちっぽけな生き物の命なんか、あっという間に飲みこまれる。だから、このなんでもなさそうな景色の中には、実は隠しカメラも無数にセットしてあるし、いざってときには緊急連絡を取れるように、至るところに電話回線も隠されてる。SOS用の発煙灯なんかも用意されてるんだ」

「ほらな♡」

英二さんは、側にあった木の上のほうを指差すと、僕にカメラが隠されている場所を確認させて、

って、笑った。

「じゃ…じゃあ、あの食糧の宝庫みたいだった池とか、周《まわ》りに生えてた果物の木とかっていうのも、全部人工のものなの？」

「おう」

「じゃあ、あの鳥の鳴き声とか、なんか生き物がいるような気配とかっていうのは？」

「それも全部コンピューター制御された人工モノだよ。人の気配を感知すると、至るところに仕込まれた小型スピーカーから、音だけが出るようになってる。何せこんなふざけた遊び島でもな、客の安全は絶対に保証しなきゃならないっていう、ホテルとしてのコンセプトがあるからよ。下手な生き物は放し飼いにはできない。こうして見渡してもなんの変哲もないように見える島なんだけどな、実際は莫大な資金をかけたセキュリティ・システムが完備されていて。地下には核シェルターまで設置してあるってぐらい、慎重で安全な島なんだよ。ここは」

そういうところじゃなきゃ、大事なお前を連れてきたりしねぇよ…って、言ってるみたいに。

「…………かっ…核シェルターまで」

僕は、何気なくここに遊びにきちゃうようなお客さんっていうのが、そもそも僕の思想では計り知れないような、VIPなんだってことを改めて思い知った。

それこそ天災からも人災からも、どんなモノからでも、ここにいる限りは安全を保証しなくてはならないような、ホテルにとっても世間にとっても、きっと大切な人ばかりが訪れる、プライベート・リゾート地なんだってことを。

「まぁ…だからといって。丸々ここが無人島だって信じさせられるかどうかは、俺にも自信はなかったけどな。何せちょっと知識のある人間なら、この島の経緯度からじゃ考えられないような、果物や植物が植わってるのを見た段階で、疑われたって仕方がねぇ。多分、葉月ならともかく、ここに直也が一緒だったときには、まず騙《だま》しきれねぇだろうよ」

「えっ…英二さん！　それって僕や葉月が無知の馬鹿だって言いたいの!?　それとも直先輩が賢くて頭がいいって言いたいの？」

「いいや。この島の詰めが甘いって言ってるんだよ。マジに、生簀で泳いでる魚が鮎《あゆ》だのニジマスだったときには、これでここが無人島だって騙せって言うのか！　って、マジにヒヤヒヤしてたぐらいだからな〜」

英二さんは、もう少し設定を極めろよ！　って、支配人さんをジロリと睨んだ。

「それは申し訳ありませんでした。これでも気を利かせたつもりで、天然物を捕らえて空輸しておいたのですが……。この次に早乙女様がご使用なさるときには、生簀は空《から》にさせていただきます。ぜひ海のほうで、直に漁でもしていただくように」

でも、見知った間柄なんだろう。

文配人さんは逆に英二さんをからかうような言葉を並べると、余裕でニコニコとしていた。

「馬鹿言え。二度とこんな手が通じるかよ。素直に騙されてくれたのは、菜月ならではだぞ。こんな際どい企画モノは、これが最初で最後だよ」

そして英二さんも、それに返すようにニコニコとしていて。

「――それは、それもそうですね。こんな企画で最愛の方を楽しませてあげられるのは、一度きりかもしれませんね。本当にお天気が崩れなくて、ようございました」

『でも、でもでもこの言い草って、もしかしなくてもこの人たちって、僕たちの関係とか知っちゃってるの!?』

「――ああ」

けど、僕は一人でビビッていた。

『……そっ…そういえば隠しカメラが至るところにとか言ってたけど、英二さん…ちゃんとカメラの死角で僕としてたのかな？　うっかり僕と英二さんのムニャムニャが、カメラに映っちゃって見られてた…なんてことはないかな？』

ここまできたら、絶対にホテル内には監視モニタールームとかあるんだろう。しかも何台ものテレビとかがあって。侵入者対策とかって名目で、常に録画されていたりとかもして。

なのに、もし僕と英二さんのモニョモニョが映っちゃったりしていたら。

『こいつら何回やったら気がすむんだよ！　とか。一体いつまでやってんだよ、とか。まじめに監視役とかやってる人に、頭を抱えられてたかもしれないっ!!　ひゃーっっっ!!』

アバウトな仮説とはいえ、見られていた確率は半々だよな…とか思ったら、僕は急に恥ずかしくなって英二さんの後ろに隠れた。

支配人さんやボーイさんから、目を逸らしまくった。

「…………ぷっ」

けど、そんな僕の思考さえもお見通しなのか。ちょっと吹き出してるボーイさんの苦笑の声が、僕の心臓をえぐりまくった。

『あの笑い方っ！　絶対に見られたんだっっっ!!　英二さんのばかっっっ!!』

僕は恥ずかしさと恨みがましさから、思わず目の前にあった英二さんの背中に、バリバリって爪を立ててしまった。

「痛てぇな、菜月。これ以上俺の背中に爪痕《つめあと》増やすんじゃねぇよ。キスマークより始末が悪いんだぞ、お前のそれはよっ」

「――――――――!!」

なのに、それは更に更に僕にとっては墓穴だったみたいで。

英二さんの背中に何十本もある爪の痕を見てしまったら。コレ…、全部僕がエッチのときにつけたんだ…と思ったら。僕は恥ずかしさがＭＡＸいっちゃって、その場で憤死してしまいそうだった。

『もう…いやっっっ!!』

僕をみんなの視線が、穏やかで優しくはあるんだけど。それだけにつらいよ…って感じだった。

「まぁまぁ。仲がおよろしいのはわかりましたが、とりあえずはホテルのほうにお戻り下さい。せっかくここまでいらしていただいたのに、一度ぐらいはホテルのほうでお食事を召し上がっていただかなければ。我がホテル自慢のシェフが、腕を振るえずじまいでガッカリしてしまいますから」

「――ああ。わかってるよ。そろそろまともなもんが食いたかったころだしな。な、菜月」

僕の頭を抱きよせる英二さんの手も、どことなく照れくさそうだったけど。

「では、ボートのほうに」

「ほら、行くぞ菜月」

なにはともあれ。

僕は顔もまともに上げられない状態で、英二さんに手を引かれてボートに乗った。

無人島をグルリと回って、最初に案内された美々しいプライベート・ビーチへと戻っていった。

「うわーい♡」

そして、ホテルのバルコニーで青い空と海を眺めながら、スペシャル・ランチをご馳走になって。

あっと言う間に帰りの時間になってしまった。

「で、かっ…帰りはヘリなわけ？」

「ああ。乗ったことないだろうと思ってな。とは言え、行きにこれをやったら、島の全容が丸見えになっちまうだろうから…帰りにしたんだ」

「そっ…それもそうだけど」

僕はホテルのヘリポートで、行きのクルーザーに負けないぐらいドカンって迫力のあるヘリコプターを見せられると、

『で、この旅行って一体、締めて幾らかかったの？　英二さん』

この期に及んで、頭が重たくなってきた。

「ほら、帰るぞ。乗れ」

でも、きっとそれは僕があえて聞くことではなくって。

聞いていいことでは、ないような気がして。

僕は目一杯英二さんに感謝してありがとうって、思うことにした。

そして今度は、僕が英二さんのお誕生日に、僕にできる限りのプレゼントを用意しよう♡　って、思うことにした。

「――――では、またのお越しをお待ちしております」

僕と英二さんは、支配人をはじめとする従業員の人達にお見送りされて、一路東京というか横浜

というか、このヘリがたどり着くヘリポートへと向かった。

夢みたいな、二泊三日の旅の終わりが近づいてくる。

「あーあ、それにしてもせっかくだから、一日ぐらいは王様ベッドで眠ってみたかったな〜。ああいうの、憧れだったのに」

僕は、それがなんだか寂しくって、終わりたくなくって。

なんとなく英二さんとあの島と、ホテルのスイートルームへの執着を口走った。

「何言ってんだよ。菜月の憧れは、愛する人と無人島に流されて…ごっこなんだろう？　綺麗な海を見ながら、もしもこの世界に二人きりしかいなかったら…の、疑似体験なんだろう？」

と、英二さんは僕の頬をツンツンと小突きながら、「夢は叶っただろう？」って言ってきた。

「――――へ？　僕、そんなこと英二さんに言ったっけ？」

流石《さすが》にそこまでチンプな妄想を口にした覚えはなかったから。僕はキョトンって首を傾げた。

「いや。お前の考えそうなチンプなサマー・リゾートなら、白い砂浜にトワイライト。ゴージャス・ホテルにお姫様気分でお泊まりかなんかだと俺は踏んでたんだが……。一応当てが外れると困るからよ。葉月に確認を入れたんだよ」

「葉月に？」

英二さんから出た〝葉月〟という名前に、僕は妙な胸騒ぎを覚えた。

何せ葉月は、縺《もつ》れた結果に直先輩という、どっから見ても紳士な王子様をダーリンとしてゲットしたにもかかわらず、それでも「菜っちゃんが一番好きなんだもん！　それを許してくれる人じゃなきゃつき合わないっ！」とか言ってる、スーパー・ブラコンだったりする。

そりゃ慕われている僕としては嬉しいし、僕にとっても葉月は「もう一人の僕だよね」って思えるぐらい、大切なんだけど…………。

「おう。そしたらあいつが、それじゃあ〝捻《ひね》り〟が足りないって。菜月のドリーム具合を甘く見てるって言いやがってよ」

「…………捻り？」

どうも僕への執着のせいか、英二さんには嫉妬しちゃってよく絡む。

そりゃ最初のころの「ムッキーっっ!!　おのれ早乙女英二めーっっっ!!」っていう、むちゃくちゃな反感に比べれば、だいぶ可愛い絡み方にはなったけど………。

「ああ。極めるなら、そのゴージャスホテルから一転して、無人島かなんかに流されて。どうしよう英二さん！　怖いよ！　って言いながらも、孤島で愛を再確認。こんな場所でも二人なら、強く生きていけるよねぇと、永遠の愛を誓い合うのが真の〝乙女チック・ドリーム〟だってきっぱりと言いやがるからよ」

「ええっ!?　じゃあ英二さんがあそこで無人島コース選んだのって、葉月の言葉を丸々信じたからなの!?　そこまでイッちゃってる設定を、僕のドリームだとか信じたの!?」

いまだにこういうトボけたことを、僕に隠れてしてたりするんだ。

『葉月っっっ!!』

そりゃ今回は、英二さんも僕に内緒で…とか思ってただろうから。僕に確かめることもせずに、丸々葉月の言うことを信じちゃったんだろうけどさ。

でも、それにしても。

「まっ…まぁな。あいつ自信たっぷりに言いやがるから…そうか…って」

「そうか…って。英二さん！　それも失礼な話なんじゃないの？　いくら僕がドリーマーだからっていったって、考えつきもしないよ無人島に漂流なんてっ！　そりゃ夏の海でトワイライトとか、お姫様気分のゴージャス・ホテルまでなら、ドリームしてたことは否定しないけどさっ！」

「なっ…なんだよ！　じゃあ、そこまで捻る必要はなかったのか!?　ただのゴージャス・リゾートでお前は大満足だったのか!?　俺は葉月にまんまと乗せられて、ホテルの部屋より高い〝デンジャラス・コース〟に大枚はたいて、わざわざ二日もお前と野宿したのか!!」

「ええっ！　あの野宿のほうがピカピカのロイヤルスイートより高いって、どういうこと？」

「そりゃ安全第一のために、島のセキュリティ・システムをフル稼動《かどう》するからよ。しかも、監視人は二十四時間の三交代勤務。設備費に人件費だけで、スイートに寝泊まりするより二倍の料金がかかるんだ。おまけに天気が崩れたらアウトって企画だからな。いつでも戻って宿泊できるように、部屋のほうもキープしとかなきゃならねぇ。金のことでケチなことは言いたかないが、ハメられたとなりゃ文句も出るぞ！　単純計算したって、三倍の出費して、自炊《じすい》に野宿させられたんだぞ俺たちは！」

「ええーっ、三倍っっ!!　そんなに払ったのにフカフカの、ヒラヒラの、キラキラのベッドが、ジャングル・ジャングルの地べたに変わったのっ!?」

もう、締めて幾《いく》らの旅行でした…なんて、僕には大マジに想像つかなくなってきた。

しかも、葉月のいたずらがなければ、一回の旅費であと二回はあの島に行けたかもしれない…とか思うと、庶民の僕としては一気に力が抜けてくる。

「それも腹が立つ話だがな、何より腹が立つのはあの野郎っ！　話の過程で俺が誕生日を勘違いしてるって事実に気が付いてただろうに、まんまとしらん顔しやがったことだ！　俺に恥かかせやがって！　揚げ句に〝葉月のドリーム情報〟を提供をする代わりに、俺から最寄り遊園地とプールのフリーパス・チケットを、一夏通えるほどせしめやがったんだぞ！」

「――――ひっ…一夏通えるほどのフリーパス・チケット!?」

それも一体いくらかかったの？　って、世界だった。

『全く葉月ってば。そんな嘘言ったって、いずれはバレるのに。本当に何も考えないで、口からでまかせ言うよな～』

「くっそぉ～っ。帰ったら目にモノ見せてやる。仕返しに直也をいびり倒して、ボコボコに凹《へこ》まして。俺を騙すとどういうことになるのか思い知らせてやるっ！」

英二さんは握り拳《こぶし》を両手に作り、怒りの矛先《ほこさき》をなぜか直先輩へと持っていった。

坊主憎けりゃ袈裟《けさ》まで憎いのか。それとも江戸《えど》の敵《かたき》を長崎《ながさき》で…なのか。

いや、きっと個人的な趣味も入ってるんだろう。

「……えっ…英二さんっ!! それは可哀相だよ。直先輩に罪はないよ、この場合」

英二さんは、直先輩みたいになんでもできる上品な王子様タイプを凹ませるのが大好きだ。

最初は僕とのいざこざがあったから、その仕返しこみで…なんて愁傷《しゅうしょう》なことを思ってたらしいけど。それは日を追うごとに〝それだけじゃないみたい〟っていうのが見えてきた。

「なんだと！ あの男をかばう気か、お前は！」

「そうじゃないよ」

実に、たたかれればたたかれるほど、直先輩って人は強靭さを発揮してくるタイプだったんだ。

人のよさがにじみ出ちゃうような性格だし、穏やかな平和主義者に見えるんだけど。

牙《きば》を向かれれば向き返す。なぶられれば、なぶり返す。

それが今は敵わない相手だってわかっていても、いつか仕返ししますからね…って眼をして、自分の牙や爪を時間をかけて研《と》ぎ続ける、かなりしたたかな王子様だったんだ。

「なら、まだ未練があんのか！」

「ないってば全然！」

英二さんは、そういう善悪の〝悪〟みたいな部分を強く直先輩に見出だしてから、何気なく〝構う〟ようになった。

そりゃ僕のことを構うのとは、大違いな構い方だけど。

英二さんは直先輩が自分という存在を男として認め、人間として受け入れ、なおかつ「同じ年のときのあなたには負けたくありませんから」って言って、今めちゃくちゃに頑張って勉強したり、いろんなことにチャレンジし始めた姿勢が、とっても気に入ってるみたい。

だからって葉月が何かするたびに、「こいつの保護者《オトコ》はお前だろう！」とか言って、責められるのもなんだとは思うけど。でもそれはどうやら、英二さんの屈折した愛情表現らしくって……。

「本当か〜？」

「本当だよ！　こういう言い方は悪いけど、僕はもう直先輩いなくても生きていけるもんっ！　それに僕が直先輩が可哀相って言うのは、葉月は直先輩がいじめられたからって、それで反省なんかしないってわかってるからだよ」

「んじゃあ葉月を取っ捕まえて、素っ裸にして市中引き回しの刑にするのはありか!?　二度と地元を歩けねぇようにしてやるぞ!!」

「なっ…だから、例えが過激すぎるの英二さんはっ！　第一、葉月を素っ裸ってどういうこと？それって誰が脱がすつもりなの！　お仕置するにしたって、そんなこと英二さんが葉月にしたら、僕が許さないからねっ！　第一、葉月が僕の双子の弟だってこと、忘れないでよ！　葉月の恥は僕の恥なんだからね！」

「だーっっ!!　わっがままな兄弟だなテメェら本当に!!　じゃあ、この怒りを百万分の一ぐらいにおまけして、ケツの百たたきの刑で我慢してやるよ！　ただし、泣いてもわめいてもケツが腫《は》れあがるまで俺はたたきまくるからな！　直也とは当分、やらしい真似《まね》はできなくなるぞ！　ざまあみろ！」

英二さんは、さも〝そのこと〟が葉月への（直先輩いじめこみの）仕返しだ！　って顔をして、指の骨をボキボキと鳴らしながら満面の笑みを浮かべた。

『でも、実際そんなことになったって、たいしたお仕置にならないんだよね、あの二人には』

なぜなら――――。

「残念でした。そこまでの効果はないよ、そのお仕置。葉月のお尻が痛いだけ」

「――――何っ!?」

「だって葉月と直先輩、まだそんなことしてないもん。葉月はまだブラコン抜けきってないし、直先輩はそもそも〝そういうこと〟を無理強《じ》いする人じゃないし。一線越えるのはまだ先だよ」

「――――!!」

本当に、こんなに欲情的な僕と同じ肉体を分け合った…とは思えないぐらい、葉月はそういうことに興味を示さない。いや、実際は興味がないわけじゃないんだろうけど、葉月は不思議とそれを態度に出したり、言葉に出したりっていうことはしないんだ。

早い話、僕みたいな好奇心旺盛な、興味津々《しんしん》の〝おねだり魔〟ではない。

そこに持ってきて、石橋をたたいて渡るような確認を取ってからじゃなきゃ、そんなことは絶対に仕掛けないいんだろう紳士的な直先輩相手なもんだから、二人の間は今もってクリーンだ。

『うん。どんなに隠れてやったって、葉月には僕のロストバージンが以心伝心しちゃったんだから、僕にだって葉月のその瞬間はわかるはずだもんね。ってことは、僕が何も感じないんだから、絶対にあの二人はまだエッチなんかしてない。流石にキスはしたたって聞いたけど』

僕らに比べたら、なんて可愛《かわ》い関係なんだ♡　とは思うけど……。

「なぁ、菜月。ってことはよ。ネンネな葉月は別として、あの面《つら》であのルックスで、直也ってまだ童貞なのか？」

「えっ…英二さん!!　それ、僕に聞くような内容じゃないよ！　内容じゃ!!」

僕は、実は前々から気にかかっていたことをストレートに英二さんから突っこまれて、思わず顔から火を噴きそうになった。

なのに英二さんってば、

「へ〜。ほぉ〜。ふ〜ん♡」

絶対にこのネタで直先輩をいじめてやろうって顔をして、悪魔みたいな笑みを浮かべた。

「えっ…英二さん！　何考えてるの？　下手なことを突っこむのはやめなよね！　それって人権問題かもしれないんだから！」

「いや、同じ〝菜っ葉の男〟をやってる俺としては、心配になるじゃねぇか。しかもこれは男の股間にかかわる問題だからよ」

「股間じゃなくって沽券《こけん》でしょ！」

「どっちも似たようなもんだよ、けっけっけっ」

『……………英二さんの、鬼っっっ!!』

僕は、心の底から手を合わせて、直先輩に「ごめんなさい」って百回ぐらい呟いた。

僕が至らないことを言いました。余計《よけい》なことを言いました。

おかげで英二さんの〝葉月への怒り〟は一瞬で打ち消されはしたけれど。代わりにそのオハチはすべて直先輩の〝ピー〟な興味へと、移ってしまいました。

『ごめんなさいっごめんなさいっごめんなさいっ直先輩っ!! 英二さんにいじめられたら、その腹癒《い》せに大本の悪さをした葉月をやっちゃっても許すから！ どうか軽はずみなことを言った僕を恨まないでっ!!』

なんて馬鹿な話をしているうちに、ヘリはとっとと横浜のマンデリンホテルの屋上にある、専用ヘリポートへと到着してしまった。

僕はせっかくヘリに乗せてもらったのに、景色を一度も見てなかった。くすん。

2

「お疲れ様でした早乙女様。お預かりしておりましたお車のほうは、地下駐車にお停めしてありますので、ここよりご案内いたします」

僕と英二さんはヘリを降りると、最後の最後までサービスの行き届いたホテルの人に案内されながら、地下の駐車場へと移動した。


『英二さんとの初めての夏。二泊三日のサマー・リゾートが終わる――』


僕は、ホテルの人と世間話をしながら、一歩前を歩く英二さんの背中をずっと眺め。夢みたいだった三日間を脳裏《のうり》に描き、幸福の余韻に酔い痴《し》れていた。

『葉月にはまんまとハメられた、ドリーム離れした無人島体験だったけど。そのおかげで僕は、都会では見られなかった英二さんの魅力っていうのを、たくさん見ることができたよな』

英二さんの勘違いだったとはいえ、二人きりの〝シークレット・バースディ♡〟なんていう、特別な記念日もできたし。

何より〝永遠の愛〟みたいなものも誓いあえたし♡

『帰ったら自慢しまくっちゃお♡　なんて言っても、葉月への一番のお仕置は、ありがとう！　葉月のおかげで僕、めちゃくちゃ幸せだったよー♡　って、のろけちゃうことだもんね♡』

僕は、口からでまかせを言ったことが裏目になって、結果的には英二さんの株を上げてしまったことや、僕を浮かれさせる結果になったことを知った葉月が真っ赤な顔して悔しがるのを思い浮かべると、微笑ましくなって口許《くちもと》が緩んだ。

「――――――っっ！」

が、このぽやんとした状態が、他人に迷惑をかけることになる。

僕は心ここにあらず…で、前をよく見て歩いていなかったために、思いきり前方不注意で前から歩いてきた人に体当たりをし、手に持っていたリュックや荷物を、バサバサとその場に落とした。

英二さんは従業員さんとの話に夢中になっていて、気が付かないまま先に行ってしまう。

『やばい！　置いていかれちゃう！』

僕はその場にしゃがみこむと、慌てて荷物をかき集めた。

「ソーリー！　ごめんね」

すると、僕の前に一人の男の人がしゃがみこんだ。

どう考えたって僕が突進していって、勝手にぶつかって。その上荷物をばらまいただろうに。相手の人は、僕に謝ってくれただけじゃなく、荷物を拾うのを手伝ってくれた。

『………ソーリー？　ごめんね？』

ただ、なんか聞き慣れないイントネーションで呟かれたから、僕は不意に顔を上げた。

『――――――――!!』

瞬間、胸をえぐるような衝撃が僕を襲った。

僕の視界に飛びこんできたのは、細くて緩やかなウェーブも美しい、キラキラとした金の前髪だった。

『え？　父さん!?』

なのに、僕にはそれ以外の言葉が、咄嗟《とっさ》に思い浮かばなかった。

僕の目の前に突然現れたのは、絵本の王子様も真っ青かも…ってぐらい、ツヤツヤでキラキラの金髪を持っている人だった。

しかも透けるような肌と、サファイヤみたいな瞳も持っていて。超が付くほどの美青年！　なんだけど。どうしてか、僕の父さんにそっくりな人だったから。

『……いや違う。そんなわけない。父さんよりは…全然若いし。多分…年は英二さんと同じぐらいだよね。この人』

摩訶《まか》不思議な感覚が、僕の胸にわき起こる。

まるで、僕が小さい頃に遊んでもらった、若い頃の父さんがいきなり目の前に現れたような。

『こういうのを、デジャヴーって言うのかな？　いや、それは例えが違うか』

目の前の人は、僕がボーッと見とれているのも構わないで、一生懸命僕の散らばった荷物を集めてくれていた。

『…それにしても、こんな人が世の中に何人もいるんだ』

その人は、立ち上がったらかなり背が高そうな感じだった。

きちんと着こなされたブランドもののスーツを見る限り、留学生さん？　にはとても見えない。

かといって旅行客？　という雰囲気もない。

ワイルドな英二さんとは、かなり対極的だったけど、同タイプのように思える王子様な直先輩とも、なんか迫力が違った。

髪の一本一本まで。

細くて長い指先の一本一本まで。

洗練された〝品〟みたいなものを持っている、極上の人種♡って、感じだ。

『図々しい言い方だけど、こういうタイプのナンバー1は、絶対にうちのお父さん♡　とか、思ってたのに』

僕は、まるで天使か悪魔にでも魅入られたように。まやかしでも見せられたように。その人から目が離せなかった。

「貝……」

その人はぽつりと呟いた。

散らばった荷物の中から、僕が島から持って帰ってた貝殻《かいがら》を手にすると、不意に顔を上げて僕を見た。

「…………海にでも、行ってきたの？」

そして、実に流暢《りゅうちょう》な日本語を操りながら、目を合わせてニッコリと微笑んできた。

「―――――――――!!」

深い、深いサファイヤ・ブルーが僕の姿を映し出す。

僕はその青い瞳に飲みこまれて、呼吸さえ止められてしまいそうだった。

「おい菜月、なにやってんだこんな所で」

「―――――――――!!」

けど、頭上から矢のように降ってきた英二さんの声には、はっきりきっぱりトドメを刺された。

『うわーっうわーっ！　僕ってば英二さんって人がありながら、こんなところで知らない人に、見とれちゃうなんてっ！　バレたらそれこそ市中引き回しの刑だよっっっ!!』

僕は慌てて荷物をかき集め、貝殻もかき集めた。が、それが更に墓穴を掘るはめになる。

「―――――――っ!!」

僕は慌てるあまりに、まだ彼の持っていた貝殻にうっかりと手を伸ばしてしまい、彼の手ごと貝殻をギュッ…って、握り締めてしまった。

『しまったっ!!』

男の僕が男の人の手を握るぐらい、本当ならたいしたことではないはずなのに。

僕は『英二さんが見てるのに！』って気持ちから焦りまくっちゃって。彼と彼の手を激しく意識し、頬が一瞬で真っ赤に染まった。

「ごっ…ごめんなさいっ!!」

僕の見せた変な反応に、青い瞳が揺れ惑《まど》った。

でもその瞳は、一秒ごとに数段優しい光を放って……。

「――いや。気にしないで」

彼から極上に甘くてやわらかい、美笑《びしょう》を引き出すことになった。

『……うわぁ。キラキラ～♡』

と同時に英二さんの漆黒《しっこく》の瞳からは、殺気を帯びた嫉妬の炎が吹き上げたけど。

『うわーっ、ギラギラーっ』

ここ数日で、僕は一体何個の墓穴を掘ったんだろう。

僕は、市中引き回しは大袈裟にしても、ベッドを引き回されちゃうぐらいのお仕置は覚悟した。

それぐらい、この間の悪い出来事は、英二さんの怒りのツボ（僕の幸せのツボと同じぐらいたくさんある）をつつきまくっていた。

それが証拠に英二さんは、般若《はんにゃ》みたいな怖い顔をすると、僕と彼の間に割りこむようにしゃがみこんで、

「ちんたらしてんじゃねぇよ！　さっさと拾え！　これ以上遅くなったら道が混むだろうが！」

僕を怒鳴りつけると、一人でテキパキとその場を片づけた。

そして彼に、

「連れが大変失礼しました。それでは」

って言いながら頭を下げて。でもギラギラした眼光を飛ばしながら、彼を威嚇《いかく》して。

僕を引きずるようにその場から連れ去った。

『殺されるーっっっ!!』

僕は、駐車場にたどり着いてから、英二さんのベンツ（4WD）の助手席に押しこめられると、お見送りしてくれたホテルの人に向かって無言で、お願いだから一緒に付いてきて！　今、この人と二人きりにするのはやめてっ！　って、必死に目で訴えてしまった。

「それでは、お気を付けて――――――」

けど訴えも空《むな》しく、僕らは従業員さんの微苦笑《びくしょう》に見送られながら、ホテルの駐車場を後にした。

『あの〝お気を付けて〟は、絶対に事故に気をつけて…とかじゃなくって。僕に対して英二さん怒ってるから、壊されないように気をつけてねって意味に違いないっ！』

僕は言い訳がましいけど、言い訳しなきゃっ！　って必死にあれこれと考えた。

「浮気者。舌の根も乾かねぇうちに、色男見るとポ～っとしやがって。しかも、よりによって俺の感情をさかなでるようなキラキラな野郎に色目使いやがって！　お前はな、本当に俺って男がいるんだって自覚はあるのか？」

でも、怒りのあまりにハンドルさばきが乱暴になってるよ！　って英二さんの攻撃は、僕が防御態勢に入るよりも、数倍早かった。

「そっ…そんな。色目なんて言わないでよっ。そういうわけじゃないってばっ！　あの人が…単に父さんに似てたから、あれ？　とか思ってついつい見てただけだよっ」

かなり嘘くさいけど、でも半分は本当のことだから。僕は英二さんへの言い訳を、この説に絞《しぼ》りこんだ。

「――――菜月、お前な。同じ言い訳するなら、もう少し頭を使えよ！　頭を!!　どこをどうやったらお前の親父とあのキラキラ外人に類似点があるって言うんだよ！　どっから見たってさっきの男は、アングロサクソン系じゃねぇかよ！　それとも何か？　お前の親父は、実は金髪のアデランスなのか!?　それともいい年こいて、ハードロックでもやってんのか！」

「違うよ。そうじゃないよ。僕の父さんがイギリス人なだけだよ！」

ちょっと反則技が入っている気はしないでもないけど。取りあえずは、事実だから。

「――――あ？」

「だっ…だから、僕の父さんがイギリス人なの！　英二さんはまだ会ったことないし、こんな話は出たことがなかったから…。詳しく説明したことがなかっただけなの。僕と葉月は、これでも日英のハーフなんだよ」

「お前らが…ハーフだ？　しかも日英のだ？」

英二さんは目を細めると、改めて僕のことを頭のてっぺんから足の先まで、疑わしい目でジロジロと眺めた。

「うっそだろ〜。お前のどこに八頭身キャラの遺伝子が組みこまれてるんだよ。どっから見たって六〜七頭身キャラじゃねぇかよ。そりゃ目は大きいし、色素も言われりゃ薄い感じはするけどよ。でも、なぁ〜」

英二さんの感想は、多少の気遣いも容赦もなく、とっても正直なものだった。

「わっ…悪かったね！　どうせ僕も葉月もチンチクリンだよ！　純血日本人なのに、八頭身も九頭身もある英二さんとは大違いだよっ！　五割じゃなくって、九割母さん寄りの、土着民な六頭身の日本人キャラだよっ!!　でも父さんはバリバリにキラキラのイギリス人なの！　さっきの人にそっくりなの！　嘘だと思うならうちに見にきてよっ！」

僕は、そもそもはキラキラなあの人にぽわん♡　としてしまった自分が悪いくせに、堂々と逆切れして喧嘩《けんか》を売った。

「よーし、だったら見てやろうじゃねぇかよ！　それでさっきのキラキラ野郎とは似ても似つかないような親父だったら、残りの夏休み中、素っ裸にして俺の部屋に監禁してやるからな！」

英二さんもノリにまかせて、売り言葉に買い言葉で、とんでもないことを僕に要求した。

「いいよっ！　そのかわり僕の言うことが本当だったら、疑ってごめんって一万回謝ってよね！」

「上等だ！　一万回どころか十万回でも謝ってやるよ！」

僕らは、なんでそんな馬鹿な内容の賭《か》け（？）が成立したのか、実際のところはよくわからなかった。

ただ、わかっていることがあるとすれば、

『しまったーっっっ!! そうは言ったって、父さん出張多いのに。帰ったって今日家にいるかどうか、わからないよ。いなかったら意味ないじゃんよーっっっ』

この賭けが、僕には非常に不利なものだったということと。家に帰り着くまでの間に、僕は英二さんに裸で監禁とかされちゃう覚悟を、しなきゃならない……ということだった。

『僕の馬鹿っ』

で、結論はといえば――――。

「ただいまー」

「お帰り菜月！ 久しぶりだね、会いたかったよ」

「父さん!?」

神様は僕を見捨てなかった。

その日は父さんが、実にタイミングよく家に居合《いあ》わせて。僕の声を聞くなり、奥から玄関先まで飛び出してきてくれた。

「……負けた。本物のキラキラ・アングロサクソンだ。しかも俺より股下《またした》長いでやんの」

英二さんは父さんを見るなり唖然《あぜん》とし、僕に潔《いさぎよ》く「負け」を認めてくれた。

僕は「勝った♡」って、ほくそ笑んだ。

「菜月、こういう人種は普通、父さんじゃなくって、パパとかダディってよぶもんだろうが」

「だってここは、日本なんだもん♡」

ただ、問題だったのはそんな賭けの勝敗ではなく。僕は調子づいて、我が家のかなり濃くて激しいスキンシップを、うっかり英二さんに見せてしまったことだった。

「おや？　菜月。そちらの方は…もしかして？」

父さんは英二さんを見ながら、何気なく僕の肩を抱き寄せた。

僕はそうされるとつい習慣から、父さんの腰の辺りに手を回し、もたれかかるようにして体をピッタリと寄せていった。

「あ、そうそう。いつも話してるでしょ。早乙女英二さんだよ」

「OH!　彼が母さんの話していた菜月の大切なお友達だね♡　それはそれは初めまして、早乙女くん。いつも菜月がお世話になってすみません。あなたのことは、家内からもよーく聞かせていただいています。この度はまた特に、お世話になったようで。どうもありがとうございます」

「………いっ…いえ。どういたしまして」

英二さんは、僕たち親子の醸《かも》し出す雰囲気（よく、特殊だといわれる）に、かなり引いているみたいだった。

イケ面《メン》な顔がヒクヒクとして、笑顔もバリバリに固まっている。

「さ、菜月。早乙女くんに上がってもらって。彼をちゃんと母さんのところまでエスコートして、きちんとおもてなしをしてもらいなさい」

けど、固まった英二さんに反して、父さんの笑顔には一段と磨《みが》きがかかっていた。

ツヤツヤでサラサラの金髪に負けないぐらい、甘くて優しくてキラキラな笑顔。

「はーい♡」

僕は、母さんだけじゃなくって、この分だと父さんも英二さんのこと気に入ってくれたみたい♡って確信すると、嬉しくて嬉しくて上機嫌になった。

「おっと、でもその前にハニー。久しぶりなんだから、ちゃんと私にお帰りのキスをさせて♡」

「――――えっ。ここで？」

「もちろんだとも、マイ・ハニー♡」

父さんは僕の顔を覗《のぞ》きこむと、人目も憚《はばか》らず、僕の顔中にキスの雨をふらせてきた。

それは、お国柄出まくりの連続チュッチュッ攻撃。

僕はくすぐったさ半分、照れくささ半分から、父さんの腕の中でジタバタとした。

「とっ…父さん！　恥ずかしいよっ！　英二さんが見てるのにっ」

「何言ってるんだい、ハニー。父親が最愛の息子にキスをするのが、どうして恥ずかしいんだい？

いつからそんな薄情なことを言う子になったんだい？　そうじゃなくてもここの所、出張が多くてこうして抱き締めたのは一月《ひとつき》ぶりなんだよ」

「そりゃそうだけどぉ」

「けど、なんだい？　菜月はいつの間にか父さんのことが、疎《うと》ましくなってしまったのかい？　嫌いになったのかい？　父さんは悲しくてグレてしまうよ」

「そっ…そんなことないよ！　疎ましいなんて。嫌いだなんて。思ったこともないんだから、グレたりしないでよ！」

「だったらちゃんと、父さんにもキスを返しておくれ」

でも、ジタバタとする僕をあやすように、それでいて甘えるように。父さんは長い腕で僕を束縛すると、広い胸元にギュッって抱き締めてきた。

「Kiss《キス》 me《ミー》 please《プリーズ》……」

澄んだサファイヤ・ブルーの瞳が、僕だけを映し出す。

絵本の中の王子様…というよりは、絵本の中の王様な父さん。

「My《マイ》 honey《ハニー》……Natsuki♡」

このゴールデン・スマイル炸裂《さくれつ》の〃おねだり〃に、敵う人間なんか我が家にはいない。

「もぉ、しょうがないなぁ」

僕は言葉では逆らいながら、でも気持ちでは逆らうつもりなんか全然なく。父さんのホッペにチユッ・チュッ♡　ってキスをした。

「サンキュー・ハニー♡　満足満足♡　さ、上がってもらいなさい」

父さんは上機嫌になると、英二さんに向かってニコって微笑んでから、奥へと戻っていった。

僕もそんな父さんに釣られるようにウキウキとしてくると、英二さんに向かって「お待たせ、上がって♡」って、言おうとしたんだけど。

「―――――――っ!!」

けど……その瞬間、僕の全身にゾクッ…って寒いものが走った。

『―――――？』

僕を見る英二さんの眼が、どうしてか三白眼《さんぱくがん》になっていた。

眉もヒクヒクとしながらつり上がっていて、口許もへの字になっていた。

しかも、何を思ったか突然クルリと背を向け、扉に手をかけると、

「んじゃ」

英二さんはスタスタと玄関から表に出て行ってしまった。

「えー！　どうしてっ!!　ちょっと待ってよ！　上がっていってよっ、英二さんっ！」

僕は慌てて追いかけた。

「英二さんっ！」

幅広いコンパスでガツガツと歩く英二さんに、僕は自然と小走りになった。

それでも僕が英二さんの腕を掴まえられたのは、英二さんが車の扉に手を掛けた段階で。

「英二さんってば！」

「いいから放せ！　今、俺を見るな！　引き止めるな！」

「――――――？」

僕は、プイと顔を背《そむ》けられて、腕を振りほどかれて呆然《ぼうぜん》とした。

「……えっ英二さん。なっ…なんで、怒ってるの？　僕、嘘吐いてなかったでしょう？　父さん、ちゃんとイギリス人だったでしょう？　ホテルで会った人に、そっくりだったでしょ？」

「ああ、そうだな。たしかにバリバリにキラキラで、極上なアングロサクソンだったぜ。十万回謝らなきゃなんねぇな。疑ってすまん。疑ってすまん。疑ってすまん………………」

だけど、英二さんは僕の戸惑いもなんのそので、不機嫌丸出しの最悪モードだった。

「なっ…、やめてよ！　そんなこと誰も言ってないじゃんっ。どうしちゃったの？」

「……どうしちゃったのって。あれだけ目の前でイチャイチャと俺に見せつけたお前が、その理由を俺に聞くか！」

「――――――へ!!　イチャイチャ!?　僕が？　誰と？」

僕が驚いて目を丸くすると、英二さんは真顔で頭を抱《かか》えながら、車に寄りかかってしまった。

「よもや、ファザコン娘をもらった男の苦労を、自分がさせられるハメになるとは思ってもみなかったぜ」

英二さんがぼやく。

「は？　ファミコン娘？」

「ファザコンだ！　ファザコン!!　笑えねぇボケをかましてんじゃねぇ！」

英二さんが怒鳴る。

「——————ファッ…ファザコン!?　誰が？」

「だっ…誰がって、お前しかいないだろうが！　お前だ菜月っ！」

英二さんがキレる。

「ぼっ……僕!?」

僕は、英二さんに指をさされて、名指しにされて。原因の全部が自分にあるんだって突き付けられて、ポカンとしてしまった。

「………僕が、ファザコン？　なんで？」

だって、そんなこと今まで、誰にも言われたことがなかったから。

「けっ…自覚なしか。一番最悪なパターンだな。ったく、葉月は兄貴のお前にブラコンだわ。お前はキラキラ父ちゃんにファザコンだわ。本当にお前ら男好きな…いや、男泣かせな双子だよ！」

そりゃ、うちは父子（特に父さんと僕）の仲がよくていいね〜とか、お伽《とぎ》の国の二次元一家とか、世間から言われたことは何度となくあった。けど、そんな世間に対してうちは全員で「おかげさまで仲いいです♡」とか、平気で言い返しちゃうような家族だったんだ。

「最悪って。男泣かせって。それ、どういうこと!? 言い方ひどいんじゃない？ 僕らがいつ誰を泣かせたのさ！ 葉月が僕を好きなのだって、僕が父さん好きなのだって、家族なんだからいいじゃん！ 全然変じゃないじゃん！」

けど英二さんは、むきになってつっかかった僕をギンッ！ って睨み付けると、僕の腕を力任せに掴んで引き寄せた。

「痛いっ――――っ！」

そのまま僕の体を車の扉に押しつけて、噛み付くように唇を塞《ふさ》いできた。

「つっつっ!!」

怒ってるのか、欲情しているのかわからない。

英二さんが感情に任せて吐きだす言葉や行動は、何もかもがめちゃくちゃで唐突で。僕には混乱を招くだけだった。

『英二さんってばっつっ!!』

僕は、全力で体を捩《よじ》りながら、このキスには抵抗した。

英二さんは両手両足で僕の抵抗を完全に封じこめてしまうと、唇を放して、噛み締める。

そして、あーイライラする！ って顔をすると、僕を見下《みおろ》して、

「お前な！ まがりなりにも男の恋人を持つんなら、男に対するタブーぐらいは気に掛けろよ！」

「たっ……タブー？」

「付き合ってる男の前で、親父と兄弟の自慢話は、絶対禁句って知らねぇのか！　特に、洒落にもならねぇぐらいの色男なら、尚更にな！」

『————ジェラシー？』

たった一言が、僕の脳裏に過《よぎ》った。

『英二さんが…父さんに？』

不思議な感覚だった。

今までにも直先輩や、僕がうっかり擦れ違いざまに目で追ってしまった人に対して、ちょろっとやきもちをやいて、キョロキョロするなって怒られたことは何度もあった。

俺だけを見ろって、俺から目を逸らすなって。

俺はお前だけを見てるのに、なんでそうお前は目に映るものに正直に反応するんだって。見てみぬふりが、できないんだって。

でも、それでも英二さんはいつだって、「こんなにスペシャルいい男が隣にいるのによ！」って自信満々の態度で、僕を怒ってただけだった。

怒ったあとで、「改めて俺のよさがわかったか！」って、ニヤリと笑うだけだった。

「とにかく帰るっ。お前の親父と渡り合うには、戦うには。今日の俺には心構えがなさすぎる。この俺様が親父に威嚇されて引き下がるってぇのも、なんだがな。迂闊《うかつ》に挑んで墓穴を掘るほど、俺も馬鹿じゃねぇからよっ」

なのに、それが僕の前で初めて覆《くつがえ》された。

英二さんの顔が、本気でふて腐《くさ》れている。父さん相手に、心の奥底から〝嫉妬〟している。

それも、僕が父さんとベタベタしてるからとか、イチャイチャしているからとか、ただそういう理由だけじゃない。

「戦うって。戦争じゃないいんだから。それにいつ父さんが英二さんのことを威嚇したの！　父さんニコニコしてたじゃん！」

「そりゃ顔は極上に笑ってたけどな、眼は笑ってなかったよ。流石に俺のプロフィールは知れてるんだろうから、どこの馬の骨だって顔はしなかったけどな」

「………英二さん」

「だが、俺をどんな奴だか知ってる上で、それがどうしたって眼をしてたんだよ。SOCIALの跡継ぎがどうした？　そんなの親の持ち物だろう。モデルをやってるからどうした？　私のほうが足は長いし頭身もあじゃないか。じゃあ東都大の法学部？　それがなんだっていうんだ。ケンブリッジやオックスフォードに通っているわけじゃあるまいし。それっぽっちのことで、私が愛し愛されている息子を、菜月を、奪えるとでも思ってるのかい、この若ぞうが！　って、あの北極の深海みたいなブルー・アイズが、俺にビシビシと攻撃してきやがったんだよっ!!」

父さんを、同じ男として意識してる。

まるで、直先輩が英二さんを見るように。同じような目をして、今度は英二さんが父さんを見ている。

「そっ…それ、被害妄想だよっ！　大袈裟だよっ！　いくらなんでもそこまで失礼なことは思わないよ、父さんはっ！」

「いや、思うっ！　俺がお前の親父だったら絶対に思うんだから、親父だって思って不思議はねぇんだよ！　男っていうのはな、縄張り意識が激しいからこそ男なんだよ！　テリトリーに入りこんでくるものは皆外敵なんだ！　よそ者が寄ってくると一度は威嚇しなきゃ気がすまないって、そういう生き物なんだよ！」

ただ言ってる内容がむちゃくちゃで、その度合いは僕にも負けず劣らずなレベルだった。

「そんなの決めつけないでよ！　僕だって同じ男だけど、そんなこと思ったことないよ！」

「それはお前の本能が根本的に受け子だからだよ！　しかも乙女チックナイズされた、外見も中身も最愛のお袋さんのコピーだから、欲張り親父の執着が一層激しくなるんだ！　右にダーリン、左にハニーー！　いい年重ねて、男のロマンス独り占めしやがって！　うあっ！　羨《うらや》ましいぜ、ちくしょうっ!!」

しかも、相当壊れてる。

英二さんは何かに八つ当たりしたくて、壊したくて仕方がないんだろう。車の中を覗きこみながら、適当なものを捜してキョロキョロとしていた。それでも、鋼鉄ボディのおベンツ様に殴りかかっていかないだけ、少しは理性が残っているのかもしれない。

『そうか。妬みとか嫉みっていうものには、そもそも〝羨ましい〟って感情が根底にあるんだ。早い話、ないものねだりの裏返しなのか』

父さんの徹底した、完璧なまでのキラキラ・キャラクターっていうのが、英二さんみたいなギラギラ・キャラクターには、よほど刺激的な存在だったんだろう。これがせめて、ホテルで会った同じ年ぐらいの人なら対等にどうとか思うところなんだろうけど……。父さんってば、英二さんから見たってほどよく熟した、大人の男（きらりん♡）なんだろうしな。

『けど。だからって。なにもそんなに興奮して怒らなくっても。ちょっと考えれば、父さんにはない魅力が、英二さんにはいっぱいあると思うんだけどな～。特に図太い生命力とか』

例えば今日の朝までいた無人島にしたって、あそこまでなら父さんとだって生きていける！　って気はするけど。

じゃあそれが、猛獣だらけのサバンナや、何がいるのかわからないようなジャングルだったら？

もしくは白熊と餌を奪い合いながら、生き続けなきゃならない北極とかだったら？

やっぱり僕は、英二さんとのほうが〝生きてけるよな〟って、遠慮なく思う。

『ごめんね父さん、正直で。これって、僕の生存欲が強いせいなのかな？』

自分で問い、自分で答えを見つけだす。

ううん…そうじゃない――――って。

これはきっと、僕がそもそも惹《ひ》かれやすい人間っていうのが、父さん基準（理想）だったのが、英二さんという人に出会ってから急変してしまったんだ。

父さんはたしかにキラキラで素敵だし。優しくって甘くって情熱的で。誰にでも自慢できる世界一の父さんだ。多分、僕が最初に直先輩に惹かれたり、王子様志向だったりしたのは、父さんが育《はぐく》んでくれた愛情の深さの現れでもあるんだろう。

けど、今の僕は英二さんという人を知ってしまった。

全く正反対なギラギラ男で、粗野で、乱暴なんだけど。熱くて、アバウトで、ワイルドで。獣のような危機感と、鋼《はがね》のような美しさを兼ね備えた〝一匹の雄〟に、僕は恋をしてしまった。

その上、激しいまでに束縛されるという快感を、心身共に味わってしまった。

僕は、英二さんに出会ってから、甘えて頼れて守られていたいって思う人と、つらくっても厳しくっても共存したいって思える人は、どこか違うんだって自然に学び取った気がする。

『だからどんなに愛されても、子供は親から離れていけるのかな』

自分だけのダーリンを見つけたら。一緒に生きたいと思える人にめぐり会えたら。振り返らずに、迷わずに。腕の中に飛びこんでいけるんだ。

『うん。僕ってば人ごとになると、けっこう冷静に頭が働くじゃん♡　こういう拗《す》ねて嫉妬した英二さんも、なんかイイ感じだし♡　大人気ないに拍車かかってて、可愛いーとか思っちゃう♡　って、この思考が女性的っていうか、受け子的なんだろうか？　うーん…それも問題かな？』

僕は、自分のことになった途端に、頭グルグル・ワヤワヤになった。

「そうか！　俺は今発見したぞ！　葉月がどうしてブラコンなのか。俺に牙を向くか！　あいつは外見はともかく、中身が親父のコピーだったんだ！　しかも、だからマザコンになるとかってアホな論法じゃない。あいつは、所詮《しょせん》お袋さんは親父にベタ惚《ぼ》れなのを知ってるから、本能で菜月のほうに転んで懐きやがったんだ！　だから俺を目の敵《かたき》にするんだな、小賢《こざか》しい奴めっ!!」

それでも、今のこの発想の英二さんに比べたら、ちょっとは僕のほうがマシかもしれないって思うけど。

「もぉ…英二さんってばいい加減《かげん》にしなよ。当たりどころがないもんだから、またそうやって葉月に怒りを持って行くぅ」

「——ふん！」

ただその原因が、思いもよらなかった〝父さんへのジェラシー〟からって思うと、いけないことだと思いつつも、僕は内心ほくそ笑んでしまった。

「大人気ないんだから。余計好きになっちゃうじゃん♡」

「——!!」

英二さんは、僕の切り返しに、焦った顔を見せたけど。

「ねぇ英二さん。左手にハニーは無理だけど、両手でダーリンじゃ駄目なの？」

「——あ？　何が？」

「だからね。僕が相手じゃ一生ハニーを抱くことは無理だけど、その分両手で僕を抱き締めてくれるんじゃ、男のロマンスにはならないの？」

「…………菜月」

「僕の両腕は、英二さんだけで満足なのに。英二さんの手は僕だけじゃ満足できないの？」

僕は、『僕って実は三枚舌かも…』って思いつつ、両腕を英二さんのウエストに絡め、胸元に頬を寄せた。

「どうなの？」

英二さんの鼓動が、ドキンって高鳴ったのが伝わってくる。

両腕が僕の背中に回って、機嫌が回復してきたのも伝わってくる。

英二さんは僕の耳に顔を寄せると、「悪かったな、満足だよ」って、ふて腐れたまま呟いた。

「菜月、お前…実は小悪魔だよな」

とも、付け加えたけど。

「あー、ひっどい。だとしても、英二さんみたいな大魔王じゃないだけ、マシじゃん♡」

僕は、ふざけたことを言ってじゃれつきながらも、英二さんの顔を見上げて、真っ直ぐに目を合わせた。

「そう思わない？」

「なんか俺は、最近自分がえらく可愛い男なんじゃないかって思い始めてきたぞ。お前みたいなガキにいいようにあしらわれて。手の平の上で転がされてるような気になってきた」

「えー？　そんなわけないじゃん。転がされてるのは僕のほうだよ。僕のほうが絶対に英二さんにメロメロだしコロコロに転がされてるよ。その証拠に僕、もうこれからは英二さん以外の人とはキスしないよ♡」

漆黒の瞳に僕の姿を映し出し、その瞳に誓った。

「——————!!」

「たとえそれが親子の挨拶でも。ホッペでも。父さんがグレるって言っても。ごめんねって言って躱《かわ》すよ。僕にはもうダーリンができちゃったから…。ダーリンだけのものだから、ごめんねって」

「——————菜月」

ある種の親離れ宣言なのかな？　これって。

父さんには心から〝ごめんね〟だけど。

『でも、父さんはどこまでいっても、結局は母さんのダーリンだもんね。これは許されるよね』

僕は、嫉妬してムカムカしてくれる英二さんも嬉しいし、好きだけど。それより「お前には俺様が一番だ！」とか言って、高飛車な態度をとってる英二さんが好きだから。

英二さんに独占されて、独占してるのが好きだから。

だから、たとえ父さん相手でも、英二さんが悔しがったり羨ましがったりするのは嫌なんだ。

「——————ね、英二さん」

ああ…ほら。やっぱり僕のほうがメロメロでコロコロじゃん。

こんなにあっさり、父さんまで裏切るなんて。

「あーあ、知らないよー菜っちゃん。そんなこと言うと父さんのことだから、ますます早乙女英二に敵意燃やして、うちの息子は絶対にやらーん！　別れろーとかって、言っちゃうよ～」

でも、そんなメロメロでコロコロな状態は、呆れ返ったような顔をして僕に声をかけてきた、葉月の横やりで粉砕された。

「葉月！　いつから見てたの？　そこにいたの!?　しかも直先輩までっ！」

僕はいきなり恥ずかしくなって、英二さんから離れた。けど、そんな僕たちに直先輩は苦笑して、英二さんは誰とも目を合わせたくない…って顔をして、そっぽを向いた。

「結構最初のほうからだよ。ね、先輩。ちょうどそこの角まできたときに、二人が玄関を飛び出して行くのを見たから。やっほー、これはケンカかな♡　とか思ったのに…全然的《まと》はずれなんだもん。おまけに一体、いつ僕たちに気が付いてくれるんだろう…って思ってジッとここに突っ立って待ってたのに。菜っちゃんのイッたっきり状態には拍車がかかっちゃうし。似合わないくせして、早乙女英二まで菜っちゃんのムードに巻かれてるし」

なのに、葉月はわざとらしく英二さんをからかって、掘らなくてもよい墓穴を掘った。

「似合わなくて悪かったなっ！　誰も似合うなんて言ってほしかねぇよ。そんなことより葉月っ！　テメェ、ここで会ったが百年目だぞ！　とんでもねぇ嘘ぶっこきやがって！　お前が変な〝菜月ドリーム〟を俺に入れ知恵するから、俺たちはマジに無人島もどきで二日も野宿をしたんだぞ！　この怒りを思い知らせてやるから、そのケツを出せ！」

そうじゃなくても英二さんは、この場を見られた恥ずかしさを、どうにかしてごまかしたいとか思っていたはずなのに。それを下手に煽《あお》るもんだから……。

「いやーっっっ!!　なにすんだよ変態っっっ！　助けて菜っちゃんっ!!　直先輩っっっ!!」

即座に取っ捕まって、小脇に抱えられて。思いきりお尻たたきの刑を仕掛けられた。

「えっ…英二さん！　どさくさに紛れて葉月のどこを触るつもりなんですか！　どんな理由があっても、たとえ葉月が悪くっても、それは許しませんよ！」

でもその手は、直先輩の腕に阻まれて。英二さんは抱えていた葉月を、直先輩に取り返された。

『………わ♡　直先輩ってば〝葉月の男〟してきたじゃん♡　ちょっと王子様系脱皮!?』

僕は全然関係ないところで、また英二さんに怒られるような感動を、直先輩にしていた。

「許さねぇだ？　上等な口の利き方じゃねぇかよ！　だったらこいつの保護者である、お前が責任取って俺の怒りを静めろってんだ！」

でも、そんな直先輩にわざとらしく英二さんがにじり寄ると、僕は感動している場合じゃない！

これは人権問題に発展する！　ってピンときた。

「またそうやって僕にふるんですか。いいですよ。受けて立ちますよ。どうしたら静まるんですか？　その怒りは」

「それはな、お前がここで恥をかくんだよ！　直也、お前実はまだ――」

けど、時すでに遅く。英二さんは悪魔みたいな笑みを浮かべると、直先輩の耳元にモニョモニョモニョ…って話をすると、

「――なんだってな！　いやーその面で最高っ」

思いきり顔をゆがませて、笑い飛ばした。

『鬼っ!!』

それでも一応、僕や葉月には事実を聞かせないように内緒話にしたのは、英二さんなりの〝武士の情け〟ってやつなんだろうか？

「は？　なんの冗談なんですか。そんなわけないじゃないですか」

「あ？」

『へ!!』

だけど、直先輩は怪訝《けげん》そうな顔をすると、きっぱりと英二さんに否定した。

英二さんは直先輩がまだ童…いや、未経験だって決めつけてたもんだから、大笑いしてた顔が一瞬で真顔になった。

「ちょっと待て！　んじゃあ確認のために聞くけどよ――」

そして、更に男と男同志の会話……、いやこの場合は攻め手と攻め手のモニョモニョ話は進み、英二さんは直先輩の耳元で何かの確認を取っていた。すると、

「ああ…それは――」

今度は直先輩が英二さんにモニョモニョし返した。

「————————!!」

直先輩の言葉を聞いて、英二さんの顔がギョッとした。

でもって、また英二さんは何かモニョモニョと話をして、直先輩はそれに返して。そのやり取りは数度続いた。

僕はその様子を見ていて率直に「知りたい！　何、教えて！　そのモニョモニョの中身っ！」って思って、英二さんの顔を食い入るように見てしまった。

「ということで、おおかた正直に答えましたよ。これで怒りは収まりましたか？」

けど、英二さんは直先輩に淡々と切り返されると、片手で額を押さえながらコクンってうなずいて。眉間に皺を寄せながら、車の運転席へと乗りこんで行ってしまった。

『…………なっ…何？　英二さん！　それはどういうリアクションなの!?　直先輩に何を聞いて、何を答えてもらって。その顔なの？？？』

僕は、慌てて運転席に駆け寄った。

「えっ…英二さん！」

「おっ…おう、んじゃ取りあえずまた電話するわ。今日のところはマジに頭が痛くなってきたから、引き上げる。親父やお袋さんによろしく言っておいてくれ」

「ええ!?」

なのに英二さんは、本当に痛そうな頭を抱えながら車を出して、その場をスーッと立ち去ってしまった。

『きっ…気になるじゃんよ！　ひどいよ英二さんっっっ!!　どういうことーっっっ!!』

僕は直先輩と葉月がその場にいなければ、車に向かって雄叫びをあげているところだった。と、背後からクスッと笑い声が聞こえる。

『直先輩？　笑ってる？　どうして？』

って、そりゃ多分、英二さんをやりこめたからなんだろうけど。

『それにしたって〝あの内容〟の話を切り出されて、突っこまれて。一体どんな話で英二さんを返り討《う》ちにしたって言うの？』

直先輩は、英二さんの車がすっかりと見えなくなると、葉月のほうに視線を流した。

「それじゃあ、僕もこれで失礼するよ。あ、葉月。あんまり英二さんをからかっちゃ駄目だよ。あ見えてあの人、純粋みたいだから」

「はーい♡」

『あの、それってどういう意味なの先輩？』

「それじゃあ菜月もまたね。英二さんに今度は、四人揃《そろ》ってツーリングでもしましょうって、言っておいて」

「…………う……うん」

そして直先輩は、うちひしがれていた英二さんとは打って変わった晴れやかな笑顔で、僕らの前から立ち去っていった。僕は胸の中で、「だからお願い！　なんの話をしたんだか、教えてよーっ!!」って叫びまくっていた。

「菜っちゃん、どうしたの？　もんもんとした顔して」

「だって気になるんだもんっ」

「何が？」

「英二さんが童貞だろうって切りこんだのに、直先輩はそんなわけないって言ったんだよ！　しかもそのあとモニョモニョ喋って結果的に英二さんがうちひしがれて帰るなん………て！」

僕は、交際中の葉月に向かって、なんてことを言っちゃったんだろう!!

しまった――――!!

『これじゃあ僕のほうが、よっぽど先輩の人権を犯してるよ！』

僕は、うっかり喋った口を両手で塞ぎながら、必死に頭の中では取り繕《つくろ》う言葉を捜していた。

なのに、葉月はそんな僕にサラッて言った。

「ああ…。多分それって、直先輩がおくてというか、初《うぶ》な人っていうか、真面目だって思いこんでたのに、思いがけない事実を聞かされてショックを受けただけじゃない？　高飛車《たかびしゃ》なあいつらしいじゃん♡」

「――――はっ…葉月!?　何、その思いがけない事実って」

「え？　あ…そっか。菜っちゃんは、直先輩とはまだそういう話が出るまでは、付き合ってなかったんだよね。っていうより…、直先輩は菜っちゃんが王子様志向だってわかってたし、先輩にはそういう紳士的な姿勢を求めてるってわかってたから。なかなかそういう話は、きりだせなかったんだろうけどね」

「――――――え？」

驚く僕に、ほんの少しの微苦笑を浮かべ。葉月は僕の知らない、葉月しか知らない、直先輩の持つ一面というか、実態というかを、話し始めた。

「直先輩って、うちの高校の理事長の息子だけど…それはそれなりに複雑なものもあるらしくってね。昔は、かなりグレてたんだって。なんでも中二の頃にブチッってキレて。無免でバイク乗り回して。本牧《ほんもく》あたりじゃかなり顔で。湘南《しょうなん》バイパスでロードレースやらせたら、恐いもの知らずで右に出るものもいなかったって。それこそ覆面《ふくめん》パトカーと追っかけっこしてブッチぎっちゃう早乙女英二に匹敵するぐらい、過激な人だったらしいよ」

「………誰が？」

「だから直先輩が」

力の抜けた会話が行き交った。

僕の頭の中では、何かを確認するように、今の会話がリピートされた。

誰が？　だから直先輩が。

「うっそーっっっ!!」

で、口を吐いて出てきた言葉は、コレしかなかった。

「だよね。そう思うよね。最初から丸々好意的には見てなかった僕でさえ、これを教えられたときはびっくりしたもん。まぁそれでも、早乙女英二が僕らの前に現れたあたりから、チラチラと先輩の本性みたいなものは見え隠れしてたからさ。見たままの真面目な人じゃないだろう～とは思ってたけど。ここまではっきりとした裏のある人だったとは…って感じだった」

……と言うわりには、葉月の表情には飄々《ひょうひょう》としたものがあり、口調もめっちゃ軽かった。

まるで、裏とか過去とかが先輩にあったことが、葉月には嬉しいの？　って思えるぐらい。

「恋愛ごとにしてもさ。そりゃ菜っちゃんとは付き合い短すぎて何もなかったけど。僕としては、あれだけのルックスを持ってるんだから、これまでに多少の経験は持ってるんだろうな～ぐらいは勘ぐってたんだ。けど、聞いたら唖然だよ。初体験は十四のときで、それも同じ走り屋仲間のお姉さんに手解《てほど》き受けて、一から十まで一気に習いました…だもん」

「じゅっ…十四っ!?　一から十まで一気に!?」

僕なんか、どうしてさっき英二さんが無言で帰っちゃったのか、納得しながらこの場でショックを分かち合ってるって言うのに。

「うん。それに、経験した相手も一人じゃないって。家に帰りたくない…なんてナーバスなときには、いつでも泊まりにいらっしゃい♡　って声をかけてくれるお姉さんが、あっちにもこっちにもいたって。皆…大人で、割り切りがあって。実際は中学生…ってわかってる先輩のことを、愛とか恋とかって思いや言葉で、束縛しようって人はいなかったんだって」

葉月は、僕に直先輩から聞いただろう過去を、淡々と喋り続けた。

「みっともない話だけど、慰《なぐさ》められてただけだって…言ってた。男として見られてたり、求められてたりしたわけじゃなくて。単に意固地《いこじ》になってつっぱって。フラフラしてる子供を野放しにはしておけなくって。母性本能の強いお姉さん達が、保護意識から居場所を提供してくれただけだって。まぁ…そうは言っても、先輩だから〝どうぞ泊まって♡〟だったんだとは思うけどね。何せあの流《りゅう》麗《れい》な容姿で、今より青いんだよ。なおかつ家に事情があってグレてたなんてって言ったらさ。女の人どころか、男の人だって放っておけないって雰囲気を持ってただろうなって、思うもの。って、これは洒落にならない発想だけどね」

僕は、そんな葉月の話を聞きながら、顔を見ながら。

なんだか、つい最近まで「菜っちゃん、菜っちゃん」って言ってた葉月が、急に僕から離れて、強くなってしまったように思えた。

「けど、そんなご乱行を一年半ぐらいやって。嫌でも気が付いたことがあったんだって。いろいろ家に不満があって、自棄になって。子供なりの意地で意気がってはみたけど、かなり自分には無理がきてるな…って。虚勢張ってるなって。同じ無理を自分に強いるなら、やっぱり意地や体を張って悪さしてるよりも、将来悪知恵を働かせて生きるために、今知識や教養を身に付けるほうが、無理がない生き方だなって。そう気づいたから、ちょっと視点を変えて開き直ってみたら、不思議と勉強も学校も家も、嫌じゃなくなったんだって。誰に何を言われるでもなく、無理もなく。今の直先輩の基礎みたいなものが、出来上がったんだって」

『葉月が変わったのってやっぱり、直先輩のせいなんだよね』

直先輩との恋が、ちゃんとうまくいってるから。

直先輩が僕と付き合っているときには口にしなかったことを、僕には言えなかったことを。

葉月にだけは話してくれた…っていうことが、新しくて特別な関係を生みだして、育んで。

葉月に今まではなかった、〝自信〟みたいなものを持たせてくれたんだ。

「ただね、」

葉月に今まで以上に素敵な笑顔を作ってるんだ。

「……ただ、何？」

「虚勢は張っても疲れるだけだ…ってわかっていながら、やっぱり菜っちゃんの前では、ついつい王子様を徹底するように、意識して頑張ってたって」

「――――――え!?」

何せ僕にこの話題で、こんな突っこみをしてくるようになるなんて。今までにはなかったことだから。

「だからね、入学式のときに父さんと腕組んで登校してきた菜っちゃんを見かけたときから、先輩は菜っちゃんが乙女チックな夢見て、父さんみたいな王子様を求めてたのはわかってたんだって。だからそんな菜っちゃんと付き合うなら、父さんには勝てないまでも負けたくなくって…やっぱり先輩も必死になったたって。相当罪みたいだよ、菜っちゃんのファザコン。直先輩ってば、さっき父さんのことで悔しがってる早乙女英二の姿を見て、心から同情する反面、仲間意識感じて大喜びな顔もしてたもん」

「………それは…その」

葉月が先輩や英二さんの肩を持って、僕を苦笑させるなんて。

「僕が言うのも変だけど。先輩は菜っちゃんの理想のダーリンになりたくって、頑張ってくれてたみたいだよ。ただ…、その目標っていうか理想のダーリン像を、父さんに持っていったから微妙におかしくなったんだろうけど」

「………理想を、父さんに？」

「そう。でも父さんは結局父さんなんだから、決して子供を恋人気取りでは束縛したりしないじゃない。なのに直先輩は、それを勘違いして父さんを見習っちゃって、頑張っちゃったんだ。もしかしたら…菜っちゃんのことを最後まで束縛しないでいたのも、寛容なふりしてるのがベストだって信じてたのかもしれないね」

『………直先輩が』

「なんて、この辺は僕の憶測だけど。でもきっと、最初に先輩が僕に目を向けたときの意識って、今思えば恋心ではなかった気がするんだ。先輩はただ、僕と一緒にいると気楽だったんだよ。僕は先輩に王子様なんて求めてないし、超菜っちゃんビイキだし。とにかく大好きな菜っちゃんの話さえしてれば、それで一日ご機嫌なんだもん。先輩にしても、基本的には菜っちゃんが好きなんだから、僕たち〝人の趣味〟だけは、めちゃくちゃ合うわけじゃん。ただ…、それでお互い意気投合しすぎちゃって。気楽さから特別な意識が生まれてきたのは…想像外のことだったし。結果的に菜っちゃんを泣かせちゃったっていうのは…今でも大反省な、罪なことだけどね」

「…………葉月」

「でも…ね、早乙女英二が現れて。あいつが、菜っちゃんの心を奪うためにいろいろな行動を見せつけて。先輩は初めて思い知ったことがあったって」

「――直先輩が、英二さんを見て思い知るの？」

「うん。恋って、頑張ってするものじゃないって。相手の理想に合わせて努力するまではいいとしても、自分を偽《いつわ》ってするものじゃないって」

「――偽る？」

「そう。むちゃくちゃでも、はちゃめちゃでも。これが俺なんだから、これでどうよ！　って、図々しいぐらいの自信と正直さでね。普通に〝好きだよ〟って気持ちを見せていれば、それ以外には何もいらないんだな…って。お互い作るものもなく、気取るものもなく。素の自分で一緒にいられれば、それだけでうまくやっていけるのかもしれないって」

「…………素の自分」

そう言われたら、たしかにそうかもしれない。

僕は、英二さんっていう人に出会ってから、彼の裏表のない正直さに触れてから。自分自身を取り繕っていたすべてを剥がされたんだから。

それこそ肉体だけではなく、心の奥まで丸裸にされちゃって。

いいところも悪いところも、人には決して見せたくないところも、すべてをむき出しにされて。

『でもその上で、英二さんはそれでいいんだ…って、笑ってくれたんだもん』

人間なんだから、善も悪もあって当たり前なんだって。

僕のそういう全部をひっくるめて、俺はお前が好きなんだから、それでいいじゃないか…って。

『そうやって僕の全部を受け止めてくれて。欲してくれて』

だから僕も英二さんのいいところも、問題ありなところも、全部を欲しいと思うし、受け止めたいと思えるんだ。

『過去の素行《そこう》の悪さをひっくるめても、葉月が先輩を受け止められるように。葉月の困ったブラコンをひっくるめても、先輩が葉月を受け止められるように………』

人の組み合わせって、とっても不思議だけど、うまくできている。

まるで貝合わせの貝のように――――。

「そうだね。そうかもね。僕も先輩には可愛いって思われたくって、結構猫かぶってたしね。本当は特別に頑張る必要もなければ、隠し立てる必要もなかったのに」

「菜っちゃん……」

「自然な自分で側にいて。それでありのままの恋をして。なんか言葉をきれいにまとめると、穏やかすぎて若さを感じない気はしないではないけど…。でも、そういうのがやっぱり居心地のいい恋人なのかもね、葉月」

僕たちは、そのことに気づくまでに、お互い悲しい思いをしたけれど。

涙もいっぱい流したけど。

でもその思いと涙がなかったら、今の〝この恋〟はあり得なかった。

「うーん、それは僕にはよくまだわかんないけどね。居心地のよさからいったら、僕はやっぱり菜っちゃんと一緒にいるほうが、一番いいし、安心って思えるもん♡」

ただ、若干《じゃっかん》の問題はまだ残ってるみたいだけど。

「葉月！　そこまで先輩のこと理解してて、受け止めてて。まだそんなこと言ってるの？　僕もファザコンやめるから、葉月もいい加減にブラコンやめなよ。先輩に悪いよ」

僕は、今日の今日まで自分のファザコンに気づいてもいなかったくせに、ついつい葉月には兄貴ぶって意見してしまった。

「だって…しょうがないじゃん。なんか改めて恋人…って意識で付き合うようになったら、逆に直先輩と一緒にいると、緊張することが多くなっちゃったんだもん」

でも、そんな僕に葉月は、頬を膨《ふく》らませてみせた。

「緊張？　今更葉月が先輩に？　なんでまた？」

「なんでって…。だって先輩ってばさ、自分の過去とか素行の悪さを僕に白状してから、なんか開き直ったみたいに王子様じゃなくなっちゃったんだもん。菜っちゃんの前では頑張りすぎて失敗したから、もうそういうのはやめにするって。だから僕とは、特に何かを意識しないで、自然体の自分で付き合う…って」

「え？　だから王子様じゃないって…どういうこと？　別にナチュラル宣言したからって、直先輩に変わったところなんか見当たらないじゃん。今でもかなり王子様じゃない？　むしろ今まで押さえていたんだろう強気な部分が前面に出てきて、一層逞しい王子様になった気がするよ」

「それは………そうなんだけど。でも、だから僕には大問題なの！」

叫んで怒ってる…っていうよりは、何か困ったような、照れくさいような顔をした。

「大問題？　何が？」

「だって…先輩ってば。流石に菜っちゃんたちの前ではしないけど。一度キスしてから、なんか…どこでもしてくるようになっちゃったんだもんっ」

「――――――――ぷっ!!」

それは「なるほど♡」って理由だったけど。

僕は、真剣な葉月には悪いと思いつつ、いや…本当は思ってもいないんだろう。

つい吹き出してしまった口を押さえながらも、笑うのをやめられなかった。

「なっ…!! どうしてそこで笑うの菜っちゃん！ これって由々《ゆゆ》しき問題でしょ！ 今日だってそうなんだよ。一緒に山下公園歩いてたら、急に顔を覗きこんできたんだよ！ 前触れなしだよ！ 真っ昼間に人がうじゃうじゃいるんだよ！ なのにいきなり……してきて。僕がワタワタしてたら可愛いねって、笑うんだよ！ その一言ですまして、自分は何食わぬ顔してそのまま歩いてるんだよ！ ひどいと思わないの？ もぉ、早乙女英二じゃないんだからって感じなんだよ！」

「あっはっはっはっはっ！」

しかも笑いを止められないどころか、大爆笑してしまった。

「菜っちゃん！」

「だって…だって葉月。そこに英二さん引き合いに出すのは間違ってるよっ！ 英二さんはそこまでしたら、無理やり場所変えても最後までやっちゃうって！ そこで終わってくれるのは、やっぱり王子様な直先輩だからだよ」

揚げ句に、かなりなことを口走った。

ご近所のこととか、全然考えてないよな、僕。

「なっ…なんてこと言ってるの菜っちゃん！ いつからそんな、節操なしになっちゃったのっ!!」

「いつからって、そりゃ英二さんと会ってからだよ。決まっててんじゃん♡ いやーん、葉月ってばもぉ可愛いーっっっ!! 早く直先輩とファースト・エッチして、僕に話聞かしてよ♡ 直先輩にそんな過去があるなら、ますますどんなことするのか興味津々になっちゃったよ♡　もぉ、葉月エッチされるの待ってるよとか言って、直先輩のこと煽っちゃおっかな♡」

それでも真っ赤になってる葉月を見てると、やめられなくって、止められなくって。ついつい会話に拍車がかかった。

「菜っちゃん！　そんなことしたら怒るからね！　僕はまだこの段階でも血圧上がっちゃうんだから！　クラクラして倒れそうになっちゃうんだから！」

「それは血圧上がってるんじゃなくって、欲情してるんだよ。やだなぁ、もぉ葉月ってば。そんなに直先輩ってキスうまいの？　クラクラしちゃうほどなの？」

「だから僕に聞かないでよっ！　聞くなら先に、菜っちゃんが話ししてよ！　ったく二泊三日も外泊して、おまけに綺麗に小麦色になっちゃって。一体どこで何してきたのさっ!!」

でも、僕と英二さんほどカッ飛んだ内容には至っていないにしろ、葉月と直先輩もゆっくりとだけどラブラブな関係に育ってるんだな…ってことを、はっきりと耳にすると。僕は心から「よかった♡」って思えた。

「えー、聞きたい？　言っていいのぉ？　葉月が英二さんを騙してくれたおかげで、僕ってば天国に一番近い島に行って、目眩がするようなサマー・ドリームしてきたよ～♡」

僕も幸せで、葉月も幸せで。

だからきっと英二さんも幸せで、直先輩も幸せなんだろうって、思えて。

「えーっっ!!　それどういうこと？　どういうこと？　どういうこと？　教えてっ!!」

「教えてほしい？　どうしよっかな〜。葉月にはちょっとまだ過激な内容かな〜？」

「菜っちゃん！　もったいぶらないでよ、自慢したいくせに！　教えてくれなかったら、僕も言わないよっ！」

「じゃあ、ここじゃ言えないから家の中入ろうよ」

「うんっ！」

僕は葉月と一緒になって自室に戻り、その夜また〝男ののろけ話〟に花を咲かせ、楽しい一夜を過ごそうとした。

けど、世の中そんなにうまいことばかりは続かないのが習わしで………。

「あれ、葉月。今ピンポーンって、聞こえなかった？」

「うん。聞こえた。でももう九時だよ。こんな時間に誰だろうね。もしかして早乙女英二が、正装でもして出直してきたのかな？」

「まっさかぁ〜」

このとき僕は、なぜか耳についたインターホンの音に、妙な胸騒ぎを覚えた。

もちろんそれが葉月が言うように、英二さんの出直し（リベンジ？）だとは思わなかったけど。

「菜月。葉月。ちょっと下りていらっしゃい！」

ものの五分もしないうちに、下から母さんに呼び付けられて。僕の胸騒ぎはピークに達した。

「なんだろうね？」

「やっぱり早乙女英二？」

「そんな馬鹿な。とにかく下りてみよう」

僕らはふざけたことを言いながらも首を傾げ、二階にある自分達の部屋から、一階の居間へと下りて行った。

「なぁに？　母さん――――!!」

すると居間のソファには、僕の心臓が止まるかと思うような衝撃的な人物が座っており、僕を見るなり目を見開いて、驚いたように席を立った。

父さんと同じ色を放つ、深い深いサファイヤ・ブルーの瞳が、僕を映す。

「……あっ…」

僕は何かを言おうとしたんだけど、あまりのショックに言葉が出なかった。

『ホテルで会ったキラキラ王子様が…なんでうちに？』

そう、僕の目の前に突然現れたのは、そもそも今日の英二さんを怒らせる原因になった、父さんのそっくりさん（昔バージョン）だった。

「菜月や葉月は初めてよね。さ、ご挨拶して。彼、ウィルっていって、あなた達の従兄弟《いとこ》にあたる方よ。しばらくうちに泊まっていただくから、仲よくしてね♡」

「――――は？　従兄弟っ!?」

彼を紹介してくれた母さんに、僕と葉月の声が見事に揃う。

するとは、ポカンとしている僕に向かって、さっきよりも一層流暢な日本語で話しかけてきた。

「……………やぁ。また会えて嬉しいよ」

そして、後光が射《さ》しそうなキラキラの笑顔を浮かべると、驚きのあまりに身動きが取れなくなっている僕の手を取り。

「神様は僕の願いを、聞き入れてくれたらしい」

意味深なことを呟きながら、その甲《こう》に形のいい唇を近づけて、チュッ…ってしてきた。

『うっ…うわぁっっっ。奥様お手をどうぞだっっっ!! 騎士のキッスだ!! 王子様だぁっっ!!』

僕は、これこそ舌の根も乾かないうちに。手の甲とはいえ、ご挨拶とはいえ、英二さん以外の人にキスをされてしまい、顔が真っ赤に（内心は真っ青に）なってしまった。

「あ…あっちゃーっ」

そんな僕の背後で頭を抱えた葉月の呟きは、まるで今後起こりうる惨事を、予期していたかのようだった。

3

突然過去から若い父さんがやってきた！　みたいなキラキラな訪問者は、その名を「ザ・ライト・オノラブル・ウィリアム・アルフレッド・ロード・ローレンス・オブ・レスター」といった。

舌を噛みそうなので、この長いフルネームからわかりやすく名前と名字だけを取り出すと、ウィリアム・アルフレッド・ローレンスさん。

更に縮めると、通称ウィルとなるそうだ。

現在二十二歳の彼は、なんでもイギリスはレスター地方で、今もなお〝伯爵〟のタイトルを守り続ける、ローレンス家の跡取り息子の貴公子様。

血縁の繋がりでいくと、父さんのお姉さんの息子さんで、僕と葉月にとっては、父方の従兄弟にあたるんだそうだ。

「きっ…貴族っ!?」

「ぼっ…僕らの従兄弟？」

もちろん、これが父さんそのものが、実は貴族のタイトルを持っている人だった…なんていうんじゃないだけ、まだ〝他人事〟な気はする。逆に現実味もあるようにも思える。

けど、こんな御大層《ごたいそう》な親戚がいるなんて話は、生まれてこの方聞いたこともなかったから。僕も葉月もただ呆然としていた。

『そうだよな、貴族どころか僕らには、父方の従兄弟がいたってことさえ、今の今まで知らなかったんだもんな〜』

なにせ、父さんがイギリス人ということは、当たり前のようだけど両親は国際結婚だ。

なのになぜ我が家が『朝倉家』なのかといえば、単純な話、父さんが入り婿して朝倉の姓を名乗るようになったからだ。

そうじゃなければ、僕らは今ごろ葉月・なんとか・コールマンとか、葉月・なんとか・コールマンなんていう、いかにもハーフな名前になっていたはずなんだ。父さんの旧姓である、マイケル・ディーン・コールマンの、〝コールマン〟が名字になって。

けど、父さんは朝倉になった。

詳しいいきさつはよくわからないけど。とにかく日本人の母さんと恋に落ちて、結婚するにあたって、向こうの家族の猛反対を受けたがために、自分が家族と名前と国を捨てたんだ。

それこそ母さんがもともと〝乙女チックドリーマー〟だというなら、父さんはその思いに真っ正面から答えた情熱の王子様なんだろう。恥ずかしいぐらいイッちゃった夫婦だ。

けど、その思いは僕ら二人が生まれても、こんなに育っちゃっても色あせることなく健在で。僕らが知る限り、うちの両親に〝倦怠期《けんたい》〟なんて言葉が当てはまるような時期が訪れた記憶はない。

父さんが甘い声で「ダーリン♡」と母さんを呼べば、母さんはうっとりとしながら「あなた♡」

と答える。

そしてそれは「ハニー♡」と呼ばれると、「はーい♡」と答えてしまう、僕や葉月にも脈々と受け継がれている。

だから二次元一家と言われてしまうのかもしれないけれど、僕らは物心ついたときからそれを守ってこそ朝倉家の人間だ！　父さんと母さんの子だ！　と思いこんできた。

なぜなら僕らは、まるで父さんが自分に言い聞かせるように、何度となく呟いていた言葉を記憶の片隅に残しているから。

〝ダーリン。ハニー。君達がいて、私はとても幸せだよ。帰る場所があって。居場所があって。君達さえいれば、私は他に家族はいらない。国もいらない。故郷もいらない。そのすべてを君達が持っているから。私の幸せは、君達のところにあるんだから〟

幼い頃は、その言葉の深い意味なんかわからなかった。けど、そう呟いていた父さんの青い瞳が、どこか寂しそうだったことだけは覚えてる。

だから僕たちはそんな父さんの瞳を見るのが嫌で、いつもキラキラと宝石のように輝いている父さんの瞳が見たくって、父さんを一生懸命愛してきた。

また愛していることを言葉にも態度にも出し続けてきた。

〝父さん、僕たち父さんが大好きだよ。菜月と葉月のお父さんが、絶対に世界一のお父さんだよ〟

それは父さんを愛している母さんが、父さんに寂しい思いをさせないように、いつも笑顔でいられるように、あえて僕ら兄弟をそういう子供に育てたんだ。

自分のためにたくさんのものを捨ててくれた父さんのことを、そうやって母さんなりに守ってきたんだ。

『だから、僕や葉月は今日という日まで、本当に父方の親戚の存在というのを、誰一人として知らなかった』

というより、知ろうとも思ったことがない。

また…必要だと感じたこともない。

『でも――――』

ウィルを見る父さんの目は、懐かしさと愛《いと》しさが溢れていた。

なんでもウィルのお母さんと父さんは、もともとは仲のいい姉弟だったそうで。ウィルのことも国を出る直前まで、とても可愛がっていたらしい。

そしてその記憶がウィルにも残っているらしく、とても父さんには好意的で。長い間会ってはいなかったんだろうけど、親しみがあることが僕にもわかった。

『やっぱり父さんも人の子である以上、親はいるだろうし、兄弟や親戚もいたってことだよな～』

母さんを選んだがために、捨てることにはなったけど。

だからって父さんが自分の親や兄弟を、親戚を、嫌いになったり憎んでいたり、ってわけではなかったんだ。

ただ、僕と葉月の大問題は、だからこそ浮上した――――。

「ええっ!? 夏休みのうちにイギリスに行くことになるから支度《したく》しなさいって、どういうこと!?」

「しっ…しかもそれって、旅行じゃなくっ家族丸ごと引っ越しって、なんの冗談なの!?」

僕と葉月は、突然降ってわいたような朝倉家のお引っ越し問題に、ここのところほいほいと上りつめていた「幸せの絶頂」から、呆気ないぐらいたたき落とされてしまったのだ。

「………冗談なんかじゃないさ。本気だよ、マイ・ハニーズ♡ 実は以前から会社のほうにも、私にロンドン支社に赴任をしてくれないかという話があったんだが、なにせ飛び出してきた実家の目と鼻の先なんでね。仕事とはいえ帰ることが、しかも家族を連れて転勤するというには、腰が重くて上がらなかったんだ。けど…、今日ウィルが吉報を持ってきてくれてね。父が、私の父が、これまで意地になっていたことのすべてを謝るから、家族共々向こうにきて、側に住んでほしいと言ってきたんだ。ダーリンやハニーと一緒に、これからの余生を暮らしたいと」

しかも、それは僕らの耳には入らなかったところで浮上していたらしい、父さんの会社での事情とか都合とか、立場に加え。顔も見たこともないようなお爺ちゃんの気紛《きまぐ》れというか、身勝手というか、転勤の援護射撃(?)のために。

「…………あなた。それじゃあ」

「そうだよダーリン。粘り勝ちだよ。とうとうあの頑固《がんこ》な父が折れたんだ。多分寄る年なみには勝てなかったんだろうけど、君をコールマン家の嫁として、私の妻として認め。また菜月や葉月も嫡子として受け入れることを認めたんだ。君にはいろいろとつらい思いをさせたから、今更そんなことをと思うかもしれないけど」

「……そんな。そんなあなた、私のことなんか気にしないで。私はあなたのご両親から、大切な跡継ぎ息子を略奪したのよ。離れ離れにしたのよ。本当だったら、良家の女性を迎えて、結婚して。大切な家を守りながら両親の側にいるはずだったあなたに何もかもを捨てさせて、ご両親を絶望の底に突き落としたのよ」

「ダーリン」

「私、あのときにはわからなかったけど、今の私ならそれがどれほどつらいことだったのかがよくわかるわ。菜月や葉月の母親になった私には、息子にそんな形で去られるってことが、どれほど辛いものだか、とても想像がつくもの。それに…あなたがずっとご両親を気にかけていたことも、家を気にかけてたこともわかっていたし。それよりなにより、いつか国に戻って、ご両親の面倒を見てあげたいって思ってたことも、気づいていたわ。だって、悲しいけど。私の両親は、朝倉の両親は、もうこの世にはいないんですもの。あなたにとっても私にとっても、父母と呼べる人達は、コールマンのご両親しかいないんですもの。今からでもいいからと言って下さるなら、側に行ってあげましょうよ」

日本に、この二人を引き止めるものが何もないという現実のために。

僕らはいきなりイギリスに引っ越すぞと言い渡された。

「嬉しいよ、ダーリン。私はなんて素晴らしい人を伴侶に得たんだろう」

「そんな、あなた♡　それは私のほうよ」

ダーリン。あなた。

ダーリン♡　あなた♡

ダ〜リ〜ン♡あなた〜ん♡

このやり取りは、ウィルが頭を抱え目を伏せても続けられ。

僕と葉月は、家族のお引っ越しという大問題であるにもかかわらず、意見の一つも聞いてもらえないまま、そのベタ甘な光景を見せつけられた。

「いやだ。僕は行かない」

僕はそんな両親に向かって、大好きな父さんに向かって。生まれて初めて敵意を持って反抗の言葉を口にした。

「ハニー?」

「菜月!?」

「菜っちゃん!!」

父さんと母さんと葉月の視線が、そしてウィルの視線が一気に僕に向けられた。

「僕はそんな…。行ったこともないような、知らない所になんか行きたくないよ！」

そうだよ。そんな所に行ったら、僕と英二さんはどうなるの？

葉月と直先輩だってどうなるの？

例えば、これが横浜から北海道に引っ越しますって言われたって、直ぐに「わかった」とは言えないのに。それが横浜からロンドンに引っ越しますなんて言われたって、距離も土地も感覚がなさすぎて、僕には「わかった」なんて言えないよ！

「父さんや母さんはそれでいいかもしれないけど、僕はここを離れたくないよ！　ここでずっと生活したいよ！　学校も変わりたくないし、友達とだって別れたくないし。何より英二さんと離れるのはいやだよ！」

僕は、両親に向かってすごいことを口走ってるという自覚もなく、感情のままに言葉を吐きだしていた。

「なっ…菜っちゃん!!」

「葉月だって、葉月だってそうでしょ！　僕と同じ気持ちでしょ！　直先輩と離れて会えなくなっちゃうのなんて、いやでしょ！」

僕は英二さんと離れたくないから、イギリスになんて行きたくない。

葉月は直先輩と離れたくないから、イギリスになんて行きたくない。

引っ越したくない理由が兄弟揃って、恋人の存在なんだって。それも男の存在なんだって。親に向かって堂々と言ってのけた。

「……………菜月」

僕たち、本気でそっちの道に進んでます！　って、真っ向から言いきった。

よくよく考えれば、この事実を突き付けられただけでも、親は何が何でも引っ越しするぞ！　息子を男から引き離すぞ！　と思うだろうに。そんな関係は許さない、認めないって、躍起《やっき》になるだろうに。僕は、英二さんと離れるのは嫌だ！　って思いから、自分で自分の立場を追いこんでいることにも気づかないほど、感情的になって父さんや母さんを睨みつけていた。

「菜っちゃん…」

葉月の手が、不安げに僕の腕に絡む。僕は、葉月の手に自分の手を重ね合わせながら、二人一緒なら大丈夫って思って、更に言葉を発していった。

「だから、僕は行かない。ううん、僕たちは行かない！　ここに、この家に二人で残るっ！」

なのに、そんな僕に向かって父さんは、

「菜月、感情的になって葉月の思いを履き違えてはいけないよ。どんなに二人の仲がよくても、二人の気持ちがいつも必ず同じとは、限らないよ」

「え？」

僕の心の支えになっている〝葉月〟という柱を、たった一言でへし折ってしまった。

「……葉月？」

「…………」

葉月は、僕の肩に顔を寄せながら、小さな声で〝ごめん〟って呟いた。

『……葉月』

葉月の迷いが、その言葉からも握り締めた手からも、僕の心に伝わってくる。

僕には菜っちゃんほど強く、直先輩の側にいるために、残りたいとは言いきれないって。

その言葉を吐きだせるだけの思いや気持ちが、葉月の中にはまだ育っていないんだって。

葉月が離れたくないのは、菜っちゃんなんだって。

菜っちゃんが一緒なら、どこで暮らしてもいいんだって。

それこそ家族でロンドンに引っ越しても、二人だけでこの家に残るにしても。葉月は僕と一緒にいたいという思いが一番最初にくるんであって、まだ直先輩が一番ではないんだって。

僕みたいに英二さんと離れたくないから…って、理由じゃないんだって。

『……英二さん』

僕は葉月の手を放すと、心の中で英二さんの名前を呼び続けた。

このままじゃ、僕はここに残れない。夏休み中に、ロンドンに引っぱっていかれる。

英二さんと離れ離れになってしまう。

『そんなの嫌だよっ！』

「ハニー……」

父さんは葉月から離れ、行き場のなくなってしまった僕の手を取ると、そっと自分の腕の中へと引き寄せて抱き締めた。

「彼に恋をしてるんだね。それもとても深くて、強くて、激しい恋を。さっきの彼に」

そして、英二さんのことを頭ごなしに否定はせずに、それはそれでわかったよ。認めるよ。納得するよって口調で、優しく語りかけてきた。

『………父さん？』

「それは葉月にとって、かけがえのない大切なもので。恐らく彼にとってもそうなんだね」

「………………」

僕は、腕の中でコクリとうなずくことしかできなかった。

「ずっと…一緒にいたいのかい？」

切り返す言葉なんか浮かばなかった。

「例えるなら父さんと母さんのように、彼とこの先の時を過ごしたいのかい？」

父さんがとても真剣に聞いてくるから。

僕の今の想いがどれほどのものなのか、まるで計《はか》るように聞いてくるから。

「彼の想いは別として、葉月はそれぐらい彼が好きなのかい？」

僕は、力強くうなずくことしか、できなかった。

「そう。そんなに好きなんだ。じゃあ、それがわかったところで改めて私に聞かせてくれないか。

菜月、それだけの想いがあっても、彼と時間や距離を置くことに、不安があるのかい？」

「…………え？」

「それらを、想いの強さで埋めることはできないのかい？　君達の関係は、それで壊れてしまう程度のものなのかい？　だったら私は最初から君達の関係など認めないよ。今すぐ別れなさいと言うよ」

ただ、父さんが本当に聞きたいことっていうのは、僕の英二さんへの想いだけではなかった。

「父さん！」

「いいかいハニー。君がそんなに彼を好きだというなら、私はその想いを否定したくはないよ。将来彼が菜月を幸せにしてくれるというなら、それで菜月が幸せだというなら、その想いをここで壊そうとは思わない。たとえ世間が認めようが認めまいが、私も母さんも反対はしない。彼と幸せにおなりと言ってあげるし、祈ってもあげるよ」

「…………父さん」

「ただし、その想いが今のまま、大人になるまで続いたらね。この一時の別離を、二人でちゃんと乗り越えることができたらね」

「――――――――!!」

僕が英二さんと一緒にいたいと願い、それを叶えるためには、想いと同じほどの覚悟や試練が必要なのに、それが僕にはあるのか？　って、聞きたかったんだ。

父さんは、僕の頬に手をあてがうと、そっと撫《な》でながら真っ直ぐに目を合わせた。

「菜月、君はまだ十六になったばかりなんだよ。自立できる生活力もなく、まだ親に保護されながら、学ばなければならないことが山のようにある子供なんだよ。それは彼が大人であっても、社会人であっても、覆すことができない事実だ。そうだろう？」

吸いこまれるようなサファイヤ・ブルーの瞳が、僕に現実を告げてくる。

「…………父さん」

「私は君が可愛い。愛しい。その想いは彼には負けない。けれど、私は君の父親であり、母さんのダーリンだ。君は君で、いずれ自分のダーリンを見つけて、私のもとから離れていくことは自然の摂理《せつり》だ。仕方のないことだ。そのことへの覚悟や諦めなら、もうできている」

とても残酷な、でも仕方のない現実を。

「けどね、それは今することでも、できることでもないだろう。君がどんなに彼から離れたくないと言っても、私の補助や保護なしに、ここに一人で残って生きられるだけの力はまだ育っていないよ。ということは、今君が感情論だけでここに残ったとしても、それは私たちに心配をかけると同時に、彼の負担にもなるということだ」

「……負担？　僕が…英二さんの？　僕が英二さんの、負担になるの？」

たった一つの熟語が、その言葉の意味より重く、僕の心にのしかかってきた。

『僕が、英二さんの……』

僕は、英二さんが好き。英二さんしかいらない。他に誰もいらない。英二さんがいれば、世界に二人きりになっても構わない。英二さんとなら、どこでも生きていける。そう口に出して言えるほど、僕は英二さんが大好き。

なのにそれだけでは、今の僕では、英二さんの負担になることしかできない。

「厳しいことを言うようだけどね。君が一生涯彼と一緒にいたいと願い、叶えることは、恐らく私と母さんが一緒にいたいと願い、叶えたことよりも、難しいことだと思う。愛情と同じぐらい、なにものにも負けない強い意志と、互いに生き抜ける力が必要だろう」

「愛情と同じだけの…強い意志と力？」

「そうだよ。彼がどういう立場の人間なのかは、母さんからも君からもよく聞いてる。とても素晴らしい男性だね。彼は、学生でありながらすでに社会人でもある。一人で生き抜く力もあれば、生き抜いてきたという実績もある。同じ男として見ても、頼もしい限りだよ。でも、菜月のほうはどうだい？　今の自分を自分自身で見て、彼と渡り合えるだけの〝力〟があると思うかい？」

「僕――――自身に？」

「君のことだから、愛情は誰にも負けないだろう。それゆえに力がなくとも、最善の努力もできるだろう。けれど、じゃあだからここで君が一人で生活できるのかといえば、私はとてもじゃないが安心して置いてなどいけないよ。それは葉月が一緒でも同じことだ」

「………葉月が一緒でも？」

「そう。たとえ二人一緒でも、家のことを何一つやったことがない君達が、今までどおりの生活をしながら学校に通えるかい？　二人で生活費が作れるかい？　もし泥棒が入ったらどうする？　事故にでもあったらどうする？　病気をしたら？　天災が起こったら？　考えただけでも私は背筋がゾッとするよ。とてもじゃないが、目の届かない所になんか置いておけないよ」

「…………」

今の僕一人じゃ、できることなんかたかが知れている。葉月が一緒でも、同じこと。

それはとって返せば、いかに僕らが恵まれた環境の中で、のびのびと育ってきたかということなんだろう。

なにせ、レディー・ファーストの国で生まれ育った父さんは、愛するダーリンが家事や育児や金銭面などでストレスを持たないように、間違ってもそこから子供に八つ当たりなんかしないように、家の外でも中でも最善の努力をしてきた亭主の鏡のような人だ。

そして、そんな父さんに愛される母さんは、自分のために一生懸命いい環境を作ろう、維持しようと惜しみない努力をしてくれる父さんが、外から帰ってきてホッとできるような家族でいようと、居心地のいい家でいようと、これまた惜しみない努力で衣食住に気を配り、父さん大好きの子供を育てた、理想の主婦というよりは、夢のような主婦をやっている人だ。

僕と葉月は、そんな二人の作りだした環境の中で、特別な苦労もなく育ってきた。二人の子供であることにたっぷりと甘えて、愛されて。

安心という二文字の中で育まれてきた。

「私が言いたいことの意味を…わかってくれるかい、菜月」

「…………」

だからこそ、こんなに夢中になって誰かを好きになれる、僕が育ったのかもしれないぐらい。

「彼が本当に好きなら、遠い未来まで彼の側にいたいなら。そのためにも今は我慢することも学んでおくれ。せめてもう少し彼に見合うまで育ってから、父さんのもとを離れておくれ」

「英二さんに見合うまで、育ってから？」

「そうだ。できれば大学を出て、自立できるようになってから。それが無理なら二十歳になるまででもいい。そこまでも待てない、つらいというなら、高校を卒業するまででも構わない。だから、せめてもう少しだけ今より大人になって、これなら人様に迷惑にならないだろうと私に思わせてから、彼のもとに行っておくれ」

「――――父さん」

なのに、その想いだけじゃ、英二さんを好きって想いだけじゃ、現実社会には生きられない。

親元を離れて、保護をなくして。一人で生きること、生活していくこと。その上で誰かを好きになることは、今の僕にはまだできない。

すべてをやりこなせる力が、僕にはまだない。

『僕と英二さんの間にあるものは、六歳という年の差だけじゃない。成人と未成年という隔《へだ》たりだけでもない。持っている力が、そもそも違いすぎるんだ』

僕からみたら、頼もしくって頼りになって、安心できる英二さんのいろいろな力。

それは生命力であったり、生活力であったり、包容力であったりいろいろだけど。

じゃあ逆に英二さんから見たときの僕には何があるんだろう？　どんな力があるんだろう？　って思うと、僕には思いあたるものが何一つない。

少なくとも、今の僕には英二さんの持つ力に甘えるばかりで、彼のエネルギーを僕がもらうばかりで、僕からあげられるものが何もない。

『こんな状態で僕だけが、日本に、英二さんの側に残りたいんだって言っても。たしかにそれは父さんたちを心配させて、英二さんには負担になるだけだ』

父さんの言葉には、説得力がありすぎた。と同時に、その言葉が僕にとって絶対なんだと思わせるだけの力が、父さんにはありすぎた。父さんは、僕をよく知っている。

表情、口調、雰囲気。それらを見ただけで、僕の心情のすべてを察してしまう。僕がもう、父さんより英二さんが大事なのって、気持ちになっていることも、すべて見通しているだろう。

だからこそ、僕には抵抗の余地もない言葉と現実を選んで突きつけてくる。

『僕は、今のままじゃ英二さんの重荷になるだけだって』

それは僕という人間が、好きな人から離れたくないという想いよりも、好きな人の負担にはなりたくないという思いのほうが、強い人間なんだって知っているから――――。

「わかったね、菜月」

父さんは皆でイギリスに行くよ、と告げた。

家族揃って、誰一人漏れることなく、ロンドンに行くよって。

会社からの申し出を受けるために。父さんの父さんや母さんと仲直りして、過去のしがらみを精算するために。お互い今後の余生《よせい》を、悔いのないものにするために。

思い立ったが吉日だ！　ってばかりに、ここを離れて海の向こうに行くよって。

「……ずるい…ずるいよ父さん」

僕には、これ以上父さんを説得できる言葉なんか、何もなかった。

それ以上に説得できるとか、説得しようとかって思いさえ、呆気ないぐらい簡単に粉砕されて、〝諦め〟の文字しか頭に浮かんでこなかった。

「だったら、だったら僕たちが高校卒業してから引っ越したっていいじゃないかっ!!　僕のこと安心して置いていけるぐらいきっちり育ててから、それから引っ越したっていいじゃないか！」

「菜月っ！」

そんな僕に残されていたのは、ただ感情的になって、泣きわめくことだけだった。

子供にできる最後の抵抗を、子供らしくするだけだった。

「自分は自立してたって単身赴任できないくせにっ。母さんや僕たちと離れて一人でイギリスに行くなんてできないくせにっ。なのに…僕には英二さんと離れろなんて。それが試練だなんて。遠距離恋愛できないぐらいなら別れろなんてっ…父さんはずるいよ！　身勝手だよ！　意地悪だよ！」

僕は、父さんを突き放すようにしてその腕から抜け出すと、

「人非人っ！　もう…もう父さんなんか大っきらいっ!!」

「――――!!」

その場から衝動的に玄関へと向い、玄関から表へと飛び出した。

「菜っちゃん！」

僕を追いかけるように葉月の声が響いたけど、僕は振り返ることもせずに家の外へと飛び出していった。


『ひどいよっ…ひどいよ、ひどいよ、ひどいよっっ！』

天国から地獄とは、まさにこのことだった。つい半日前まで。ううん、数時間前まで。僕は英二さんの側に、未来永劫《えいごう》いられるものだと信じきっていた。

離れることになるなんて、想像もしていなかった。

『父さんの馬鹿っ！　わからずや！』

無人島での、夢のような二泊三日。僕は、心から英二さんの側にいることを望んだ。

そして英二さんも、同じぐらいの想いで、僕の側にいることを望んでくれた。

互いが互いを求め合っていて。好き合っていて。

僕はあのままこの時間が、永遠に続いても構わないと思っていた。

英二さんとなら、二人一緒なら、あのまま世界中で僕らだけになったとしても、構わないって。

それぐらい好きという気持ちも、欲しいという気持ちも心身に溢れて、また満たされていた。

『横暴だよ！　卑怯だよ！』

でも、そんな三日間の中にさえ、振り返ってみればいくつもの現実が見え隠れしている。

もしもあの場所に英二さんがいなかったら、僕は食べ物さえ見つけられずに、ジャングルの中で迷って倒れていたかもしれない。

たとえ奇跡的に食べ物にたどり着いたとしても、僕にはどんなものが口にしていいものなのか、悪いものなのかもわかっていない。ということは、運が悪ければ変な物を食べておなかを壊したり、最悪毒に当たって死んでしまったりもするんだろう。

目の前に泳いでいる魚がいたとしても、捕まえられるかなんてわからない。いや、多分できないだろう。

薪《たきぎ》を拾うことはできたとしても、本当に火が起こせるのか。起こせたとして、その火を一晩中絶《た》やさずにいるなんてことできるのか。

思い起こせば思い起こすほど、僕はあそこで自主的には何もしていない。

英二さんに頼まれた簡単なことしかしていない。

もっと手っ取り早くいえば、率先してやっていたのは遊ぶこととエッチすることだけで、本当に生きていく上で必要なことなんか、自分からは何一つやっていない。

何一つできていないんだ。

『何も、何もあんなにズケズケ言うことないじゃないか！　僕がなんにもできないのは、僕が一番よくわかってるよ！』

それこそあれが、本当の無人島だったら。

安全を管理されたアトラクション島で、なかったら。

英二さん自身が生命の危機を感じるような場所だったら。

僕は間違いなくお荷物になって、英二さんの負担になるだけだっただろう。

一人だったらどうにかなる…って英二さんの足を引っぱりまくって、二人でどうにもならなくなっていたかもしれない。

『でもそれは、無人島なんて場所に限らず、現実社会においてだって、いえることなんだよね』

無人島――――。

誰もいないかわりに、何も拘束《こうそく》のない場所だから。英二さんは二十四時間僕の側にいて、僕をフォローをしてくれることが苦にならなかったんだろう。

これがもし学校があって、仕事もあってっていう普通の生活の中だったら。

普通の人より、何倍も役割を持っているだろう英二さんだったら。

一人じゃまともに何もできない、僕の私生活の心配までしてられない。

もし心配しなきゃならない…なんてことになったら、とてもじゃないけど英二さんの身が持たない。それこそいつ病気になるかもわからないのに。災害や事故が起こるかわからないのに。

四六時中の心配なんて——————。

『僕が一人で生活しても、両親に心配かけないようになるのなんて、本当に先の先だ。ましてや英二さんの足を引っぱらないような人間になれるのも。なれる日なんかくるのか!? って感じだし』

僕は、父さんにズケズケと言われて心臓をえぐられたけど、でもそれは言われても仕方のないことなんだ、全部本当のことなんだから…って思うと、自分で自分が情けなくなった。

『——————あ、しまった！　お金がないっ!!』

なにせ衝動的に家を飛び出してきたまではドラマみたい…とかって思うし、こういうときのパターンだったら、普通は「僕はどうしたらいいの？　英二さん！」とかって、彼の元に泣きつきに行くんだろう。けど。

『連絡して迎えにきてもらうにしても、ピッチも何も持ってないよっ。手ぶらだよ!!　なんのために専用のピッチを買ってもらったんだか、わかんないよっ』

僕は電車に乗って英二さんの所に行くお金も持ってこなければ、連絡できるアイテムも持ってこなかった。

『まさかタクシーに乗って行って、英二さんお金払って…って言うわけにもいかないし。最悪それができたとしても、歩行者感覚しかない僕には、運転手さんに英二さんの住んでるマンションまでの道のりが説明できないよっ!!』

その上、英二さんにたどり着ける〝頭〟もなくって。

駅まできたのに、切符売り場まできたのに、手も足も出なくて途方《とほう》にくれるしかないなんて。

情けなさから流れる悔し涙を、拭うことしかできないなんて。

「ここにいくつのコインを入れれば、彼の所にいけるんだい?」

と、そんな僕の背後から、不意に優しく声がかかった。

「――――ウィル!?」

僕がハッとして振り返ると、そのあとからは葉月も追いかけてきてくれて。

「忘れ物、忘れ物だよ菜っちゃん!」

その手には、僕が英二さんからもらったピッチを握り締めていた。

「葉月――――!!」

「だめだよ、菜っちゃん。衝動に駆られて家飛び出しても、切り札は持って行かなきゃ。はいコレ。お金も着替えも持ってなくっても、取りあえずコレがあればどうにかなるんでしょ。今すぐ迎えにきて! って言えば、あいつどこからでもすっ飛んでくるんでしょ♡」

「……………葉月」

葉月は僕にピッチを手渡しながら、もう片方の手で僕のホッペタを拭ってくれた。

知らなかった。こういうところは、葉月のほうが全然ちゃっかり、いや、しっかりしてるんだ。

衝動的に飛び出した僕を追いかけるんだから、普通は追いかけてくるほうだって、衝動的でもおかしくないのに。

「電話してきてもらいなよ、今すぐ。きてもらって父さんから、菜っちゃんのことさらってもらいなよ。悔しいけど…今泣いてる菜っちゃんの涙を止められるのって、あいつしかいないよ」

「……うん。うん。ありがとう葉月っ」

葉月は僕を追いかける前に、階段を駈《か》け登ってくれたんだ。

部屋に行って、僕のピッチを掴んで、それから追いかけてきてくれたんだ。

「————あっ!!」

なのに、なのに僕はといえば。

「しまった! 電源が切れてるっ!! 充電しとくの忘れてたっ!!」

どこまで、どこまで間抜けだったら気がすむんだろうっっっ。

「————菜っちゃん」

僕はもう情けなさに拍車がかかって、涙が溢れるのが止められなかった。

「ふふっ…ふふふっ」

あまりに自分の今が滑稽《こっけい》で、ピッチを握り締めながら笑ってしまった。

「菜っちゃん……」

こんなに何もできない自分を思い知ったことはなかった。

両親からも、人からも、葉月からも大事にされて甘やかされて。

でも、僕はそれでも葉月のお兄ちゃんなんだから。長男なんだから。少なくとも葉月よりはちょっとぐらい、しっかりしなくちゃ！　って気持ちは持っていた。

なのに、なのに、なのに現実はこうなんだもん。

「あっはっはっはっは……」

「菜っちゃん！」

情けなさすぎて、もう自分で自分を笑うしかない。

『こんなんじゃ…本当に一人で生活なんて…できるわけないよっ。自分で生活費稼いで、学校行って。掃除して洗濯して御飯《ごはん》作って。それで英二さんとお付き合いしてなんて、できるわけがないよっ。それこそ、たとえ葉月が協力してくれるって言って、一緒に残ってくれたって。今のままの僕じゃ、葉月の足まで引っぱりかねない。僕のせいで、大事な葉月を不幸にしたり、苦労させたりしかねないよっ!!』

笑って笑って、涙が乾くまで笑ったら。決断しなきゃいけないんだって、自分で自分に言い聞かせた。

英二さんから一時離れても、イギリスに行く決断をしなきゃいけないんだって。

その一時の間に、二度とこんな無様《ぶざま》な笑いを自分自身に向けないように、独り立ちできる力を身に付けなきゃいけないんだって。

そうでなければ、英二さんとはお別れしなきゃならなくなる。

一時じゃなくって、未来永劫のお別れをしなきゃならなくなる。

そうならないためには、僕はここで覚悟を決めて、自分自身に決断しなきゃいけないんだって。

『今までにできなかったことができるようにならなかったら…僕は日本に戻れない。英二さんのところには戻れない――――』

そう、言い聞かせた。

「菜月、これでよければ――――」

ウィルは、それでも僕をフォローしようとして、スーツの内ポケットから自分の携帯電話を取り出すと、僕にスッと差し出してくれた。

生まれて初めて会う従兄弟に、こんなみっともない姿を晒して。フォローまでさせて。なのに、呆れもしないで気を遣ってくれるところは、やっぱり父さんの甥っ子だ…って気がした。

容姿に負けないぐらい、イイ人だって、気がした。

「…………ありがとうございます。でも…いいです」

だから、僕はウィルの気遣いに感謝しながらも、それを断った。

「じゃあ、チケットのほうを？」

「それもいいです。すみません。お騒がせしました」

携帯電話も、電車の切符も。

人からの借り物で、英二さんを呼ぶわけにはいかなかった。

英二さんの所に、行くわけにもいかなかった。

「菜月……」

「家に帰りますから。今夜は」

とにかく今夜は感情を静めて、覚悟を決めて。これからどうするのかを、冷静になって考えなければならなかった。

僕はウィルにペコリと頭をさげると、不安そうな葉月に向かって、微苦笑を浮かべた。

「菜っちゃん」

「ごめんね、葉月。せっかく気をきかせてくれたのに…」

「ううん、いいよ。そんなこと誰にだってあるよ」

葉月はニッコリと笑うと、僕の腕に自分の腕を絡めてきた。

その腕は、言葉には出さずとも「帰ろうっか…」って、言っていて。僕はその腕に引かれるように、駅からの家路をトボトボと歩いた。

葉月と肩を並べて歩くうちに、高ぶった感情が冷めてくるのが嫌でもわかった。

葉月は、僕の腕をしっかりと組んで握り締める以外、特に言葉は発しなかった。

ウィルはウィルで、まるで僕ら二人を見守るナイトのように、二・三歩遅れてあとをついてきた。

歩幅を合わしてくれているのがわかる。

決して僕らを追い抜かないように、気を配ってくれているのが彼の足音から伝わってくる。

『不思議だな………』

僕は、何気ないウィルの行動や仕草に触れていると、どうしてか父さんの姿を思い起こした。

『血が見せる幻影なんだろうか？』

年こそ違えど、ウィルは本当に外見ばかりでなく、中身も父さんによく似ている。

特別に何をどうと言うわけでもなく、派手にジェスチャーを見せるわけでもないけど。気が付くといつも僕や葉月や母さんのことを守ってくれていた、父さんに。

王子様でありながら、ナイトでもあった。

そんな父さんに――――。

『父さんなんか…大嫌いか…』

ふと、勢いから父さんに口走った言葉が脳裏を巡り、僕に後悔が過《よぎ》った。

あれは父さんに限らず、僕が誰に対しても一度だって口にしたことがない言葉だった。

それだけに、言ってしまった僕にもかなりのダメージがあった。

『言ってしまった僕の胸にこれほどの痛みがあるんだから、言われた父さんのほうは…どうだったんだろう？』

当たり前のことを言っただけなのに。

僕のことを思って言ったことだけはたしかなのに。

決して、英二さんとの仲をどうこうと言ったわけでもないのに。

ただ反対はしない変わりに、安心して「幸せにおなり」と言える、僕の力と二人の関係を見せてほしいと、親心から言っただけなのに。

「ねぇ…葉月、覚えてる？」

僕は、何気なく見上げた空に深い溜め息を漏らしながら、葉月にポツリと話かけた。

「何を？」

「昔さ…。僕らがまだ小学校に入ったぐらいのときに、一度だけ…父さんが髪を黒く染めたこと」

快晴の夏の夜空だというのに、僕には浮かぶ月や星が、妙に朧《おぼろ》げでくすんで見えた。

つい昨夜、島で野宿しながら英二さんの腕の中で見上げた空は、こんなふうじゃなかったのに。

まるで真っ黒なビロードの上に、ダイヤモンドでもちりばめたように、キラキラとして見えて。

父さんの金髪と同じぐらい、綺麗に見えたのに。

「……うん。覚えてるよ」

葉月は、そう答えながらも、特に僕に目を合わせてはこなかった。

「たしか入学してすぐだったっけ。同じクラスのガキ大将にいじめられたんだよね、父さんのことで。特に菜っちゃんは父さん子だったから、ガキ大将相手に結構応戦してたよ。キラキラしてて何が悪いんだよ！　って……。でも、僕は菜っちゃんほど父さん子ではなかったから、むしろ菜っちゃん子だったから。父さんのことで僕や菜っちゃんが意地悪されたりいじめられたりすることに納得ができなかったんだ。それで…悔しくってよく泣いて。そのうち菜っちゃんは、ガキ大将にどうこう言われることよりも、僕がビービーと泣くのに耐えられなくなって。一度だけ父さんのことを裏切ったんだよね」

足下だけを見ながら、僕の昔話に付き合ってくれた。

僕は、葉月に話しかけながら、小さい頃になりふり構わずに言えたことが、今でも言えるんだろうか？　と、考えていた。

このまま家に帰って、「父さん、さっきはごめんね……」って、言えるんだろうか？　って。

「うん。あれは…たしか父親参観日の手紙を内緒で捨てて、母さんに見つかって理由を聞かれたときだったよ。母さん相手にごまかしきるなんてできなくって、僕はクラスでからかわれるから、いじめられるから父さんにはきてほしくなかった…って、本当のことを言ったんだ」

――だって、だって僕たちのお父さんだけが、皆のお父さんと違うんだもん！

――菜月！

「まぁ、その場で母さんにはりたおされて、二メートルぐらい飛ばされたけど」

「うん。あれは強烈だったよね、菜っちゃん。たしか止めに入った僕も、一緒になってはりとばされたこと、いまだに鮮明に覚えてるもん。そんなこと言うなら家から出て行きなさいっ！　って、物凄《ものすご》い勢いで怒鳴られたんだ」

——お母さんっっ！

——お母さんじゃないでしょ！　そんなこと言う子は、もういりませんっ！

「あれは、幼いながらに誤算だったんだろうね。僕は心のどっかで、いじめられるのが嫌だって言った僕や葉月に、母さんが同情してくれるだろうって…思ってたもん。でも実際は、反対でさ」

——何が僕たちのお父さんだけ、皆のお父さんと違うのよ！

——そんなの当たり前のことでしょ！　あなたたちのお父さんは世界一カッコイイんだから！

——お母さんのダーリンは世界一カッコイイんだから！

——けど、それは自慢になったって、不服なことなんて何もないでしょ！

——恥じることも嫌がることでも、ましてや隠すことでもないでしょ！

「あのときは、結局僕たちから存在を否定された父さんに対して母さんの同情を生んでしまっただけだった。僕や葉月は同情どころか、憎まれただけで…」

「うん。まさにそのとおりだよね。言葉には出さなかったけど、母さんの目が、僕らに向かって裏切り者!!　って言ってたもん」

——だってっ！

——だっては聞きません！

——お母さんの言ってることがわからないなら、今すぐこの家から出て行きなさいっ!!

「怒られて怒られて。揚げ句に母さんの両脇に抱えられて。玄関先まで連れて行かれたよね。母は強しと言うけどさ。あの細腕のどこにそんなに力が？　って思うぐらい、僕も葉月も軽々と玄関の外まで運ばれて。揚げ句にポイポイと表に捨てられて」

——うわーんっっ！　ごめんなさいっ!!

——お母さん許して！　ごめんなさいっっっ!!

「扉を閉められて、カギ掛けられて。夜中になっても御飯も食べさせてもらえなければ、家に入れてもらえなかったよね」

——菜月！　葉月！　こんな遅くに、こんなところで何してるんだい!?

——お父さーんっっっ!!

——あーあ、二人ともこんなに泣いて。何か悪さでもして、母さんに叱られたのかい？

——父さんが一緒に謝ってあげるから。さ、中に入ろうね。

「それこそ父さんが帰ってきて、カギを開けてもらって。やっと家の中に入って。けど……そこからが一番強烈だった。母さんは玄関に膝を抱えて座りこんでいて。僕たちより顔を泣きはらして、グチャグチャになってて——」

——ダーリン！　何がどうして、君までこんなに泣いてるんだい!?

——あなたっっ。

「あの瞬間僕らは、母さんを怒らせる以上に悲しませることをしたんだ、言ったんだって、初めて気が付いた。たかが同級のガキ大将に負けて、母さんが必死に守り続けてきたものを壊して、傷つけて、泣かせてしまったんだ…って」

——ごめんなさいっっ。ごめんなさいっお母さんっっっ!!

「うん。僕も菜っちゃんも母さんも、そもそもの事情なんか父さんには説明できないから。その場は泣くだけ泣いて和解したって感じだったよね。ただ…その場が落ち着いて僕らが寝ついたあとに、母さんは父さんに事情説明をさせられたんだろうけど」

「そうだね。翌日父さんが気分転換だとか言って、いきなり髪を黒く染めてたのにはひっくり返りそうだったもんね。あまりに見慣れなくって、というより似合わなくって。揚げ句に黒のコンタクトでも入れようか…って言い出した日には、母さんなんか倒れそうだったし」

「はっきり言って、授業参観がどうこうって騒ぎじゃなくなったね。お願いだからキラキラに戻して。もとの父さんに戻って！　って、説得するのに必死でさ」

——ごめんなさいっ！　もう、誰に何を言われても平気だから！

——皆のお父さんと違うなんて言わないから！

——だから、ありのままのキラキラな父さんでいてっ！

「父さんは…本当にそういうことを簡単にやっちゃう人だったんだよね。母さんのためには家族を捨てて、国を捨てて、その上今度は僕たちのために、自分まで捨てようとして」

なのに、僕はそんな父さんに向かって、一時の感情から「大嫌いだ」なんて言って。〝あの時〟以上に、父さんを傷つけた。

『……一瞬しか見てないけど、すごいショックな顔をしてたもんな』

金の柳眉が、引きつっていた。

金色の睫《まつげ》も、微《かす》かに震えて。サファイヤ・ブルーの瞳も潤んでいた。

白い貌《かお》は青ざめ、噛み締められた唇は、今にも血が滲《にじ》み出そうだった。

『あんな父さんの顔、初めて見た』

僕は、朧げな月に父さんの顔を思い重ねると、見上げていた空からゆっくりと視線を落とし、もう一度深い溜め息をついた。

「そうだね、本当に。さすが英国人っていうぐらい、父さんの愛情表現はわかりやすかったよね。僕らのことを常に愛してるよって、伝えてくれて」

「――――うん」

「でもね、菜っちゃん。取って返せば、だからなんじゃない？　父さんがさっき、あんなに菜っちゃんのこと追い詰めたの」

すると、葉月はそんな僕の微妙な変化のすべてを見通しているみたいに、話を本題に変えてきた。

「……だ…だから？」

「そう。だ・か・ら♡　僕が言ったじゃんよ。そんなに英二さん英二さん言ってると、父さんがやきもちやいて、あんな男、絶対に許さーんとか言い出すよって」

僕の顔を覗きこみながら、少し茶化《ちゃか》すように。からかうように、クスって笑って。

「え？　それは違うでしょ。だって父さん〝許さない〟とは言ってなかったもん。ただ…今の僕じゃ一人で残せないって言っただけで。僕と英二さんのことは認めてくれるって言ったよ」

でも、僕がそれに対して言葉を返すと、葉月はわざとらしく眉間に皺を寄せてみせた。

そして、人差し指で僕の額をツンってつつくと…。

「何言ってるの！　そんなの信じちゃダメだよ！　菜っちゃんは変な所で律義なんだから！」

力強く言いきった。

「……………律義？」

「そう！　言われたことを全部まともに受け取っちゃダメだって！　そんなのは、菜っちゃんがなんでもできて、今でも独り立ちできるようなスーパー高校生だったとしても、父さんは難癖つけて自分の所に置いておこうとするんだから！」

父さんの言うことを丸呑《まるの》みしちゃダメだよ。

一人で落ちこんじゃダメだよって笑った。

「────僕が…スーパー高校生でも？」

「そうだよ。さっきも早乙女英二がキーキーと言ってたでしょ。あれは、かなり核心ついてると思うよ。父さんはなんだかんだ言っても、まだまだ右手にダーリン、左手にハニーを満喫していたいんだよ。失いたくないんだよ。特に、母さんと同じぐらいベタベタに懐いてる〝菜月ハニー〟のほうは、一生いきそびれたって、もらい損《そこ》ねたって。父さんは自分の側に置いときたいって、思ってるんだよ♡」

どんなときでも、誰を相手にしても、僕だけは菜っちゃんの味方だよ！　って、伝えてくれた。

「絶対にこれが早乙女英二相手じゃなくたって、誰にもやりたくないのが本音なんだよ。イギリス行きに便乗して、どさくさに別れてくれたらラッキー♡　ってなもんでさ」

「……葉月」

このとき僕は、英二さんが〝葉月は中身が父さんのコピーなんだ！〟とかって吠えてたことが、まんざら偏見から出たわけじゃないな…って、感じられた。

「ねぇ、菜っちゃん。菜っちゃんは怒るかもしれないけど。僕は、菜っちゃんと違ってまだ直先輩のために、自分はどうこうしたいんだ…とは言いきれるものがないの。まだ、菜っちゃんが好きっていう想いに比べたら、何かが足りないの。でもね、僕はどこにどう転んでも。何がどうなっても。菜っちゃんとは一緒だから。菜っちゃんの行く所に行くし、残る所に残るから。だから、僕が味方だよってことだけは忘れないで」

「――――葉月」

「早乙女英二のことが一番好きでもいいから、僕だって菜っちゃんの側にいること…忘れないで」

葉月の僕への愛情も、父さんに似ていてストレートでわかりやすい。

「うん。ありがとう葉月」

すんなりと、この感謝の言葉が出てくるぐらい、わかりやすい。

と同時に――――――。

「………さっきは、ごめんなさい」

謝罪の言葉が出てくるほど、わかりやすい。

葉月にしても、父さんにしても。

『父さん…』

僕らが話しながら歩いていると、いつの間にか家の前までたどり着いていた。

家の門の前に父さんは立っていた。

まるで飛び出した僕が、戻ってくるのをじっと待っていたみたいだった。

もしこのピッチがちゃんと使えていたら、僕はここには帰ってこなかったかもしれないのに。

それでも父さんはずっとこうして、ここに立って待っていたかもしれない。

『………父さん』

父さんは、僕にそんなことを思わせるような切ない目をして、僕のことを見つめていた。

「嫌いなんて言って、ごめんなさい」

「菜月――――」

そして、そんな父さんの後ろには、チョコンと母さんも立っていて……。

「馬鹿ね、あんたたち。揃いも揃ってコレを忘れていくなんて」

そう言って笑った母さんの手には、なぜか僕の財布とピッチの充電器があった。

「…………母さん」

「そんなんじゃまだまだ、お父さんには勝てないわよ。父さんなんか実家で喧嘩して衝動で飛び出した時だって、アメックスのゴールドカードとスイスバンクのキャッシュカード、それにパスポートだけはしっかりと握り締めて母さんの所まできたんだから♡」

かっ…敵わない、この夫婦には。

いや、敵いたいとも思わないけど。

「お帰り」

「ただいま」

父さんは母さんの絶妙なフォローを受けると、ようやくその顔に笑みを浮かべた。

そして長い腕をゆっくりと僕に伸ばしてくると、ホッとしたように抱きすくめてきて……。

「菜月……」

僕に嫌いだと言われたことが、どれほど悲しかったのか。

飛び出していかれたことが、どれほどショックだったのか。

そのつらさを、僕に全身全霊で伝えてきた。

「父さん……ごめんなさい」

僕は、そんな父さんに謝ることしかできなかった。

『でも、僕は英二さんが一番好きなの…。もう、父さんや葉月や母さんより、英二さんが一番好きなの……』

言葉には出せない本心に、ごめんなさい…って、言うしかなかった。

「菜月。私のほうこそ、言い方がきつかったね。ごめんよ」

母さんと葉月とウィルは、取りあえず落ち着いた僕と父さんに微笑を浮かべると、誰からともなく誘い合って、家の中へと入っていった。

そのあとは、誰もが口を噤《つぐ》んでしまって、この話はひとまず保留…みたいな形になった。

もちろん、それは形だけのことだった。

実際は、僕がイギリスに行くことをちゃんと納得して。

英二さんと遠距離恋愛するぞ！　って覚悟を決めて。

向こうで高校を卒業するまでに、一人でなんでもできるようになって。

ここから約三年後には、大手《おおで》を振って日本に、英二さんのところに戻ってこれるように、頑張らなきゃいけないだけなんだってことは、わかっていた。

葉月は、僕がここに残りたいなら、英二さんから離れたくないなら。自分も一緒に直談判《じかだんぱん》して、二人でこの家に残れるように、協力するよ。

努力するよ。

交渉するよ。

って、無言のうちに訴えてくれた。

けど、だからといってじゃあ葉月に「お願い、協力して」とか「一緒に日本で頑張って」とは、とてもじゃないけど僕には言えなかった。

根本的にはまだ僕にしか執着のない葉月に、無茶なことだってわかっている生活に、協力してとは言えなかった。

なにせ、僕は時間にしたら一時間もなかった、駅まで行って戻ってきただけの家出さえ、まともに一人ではできなかったんだから。

自分のふがいなさを、つくづく知っただけだったんだから。

だから、僕は次に父さんや母さんにこの話を持ち出されたら、潔く「遠距離恋愛成就のための、努力をします」って、言うつもりだった。

それさえ無理かもしれない…って、自分の弱さに気づくまでは――――。

4

昨夜、僕に突然降り懸《か》かってきた事情を知ってか知らずか、英二さんは次の日の昼になって、こんな電話をかけてきた。

「ええ!? 今から行くの!? しかもイタリアからパリを回って一週間!?」

本当だったら、「実は僕、イギリスに行かなきゃいけなくなったの、どうしよう英二さん」っていう話をするために、僕から電話して「これから会って…」って言おうとしてたのに。

そんな傷心な電話をする前に、英二さんは僕にいきなりヨーロッパに行ってくると伝えてきた。

「なんでまた?」

〃おう! こっちがなんでか聞きてぇよ! 全く、俺は今は六法全書と戦ってて、スーパーグレートに忙しいって言ってんのによ。何が楽しくってイタリアくんだりまで行って、他社のコレクションにゲストで出なきゃなんねぇんだよ! 兄貴の代わりに俺がレオポンの売りこみに行かなきゃなんねぇんだよ! 揚げ句に親父の野郎っっ!! ついでだからって、自分が行くはずだったパリでの商談を俺にまとめてこいとか抜かしやがって! お袋と姉貴は向こうでブランドの買い物してこいとかっ言って訳のわかんねぇメモを山ほどよこすしよ。だったら自社製品使えってんだよ、ったく！　なんのために家族でデザイナーやってんだか。　あいつら絶対にブランド・メーカー背負ってるって自覚がねぇよ！　しかもこの俺様を小間使いかなんかと一緒にしやがってっ!!　冗談じゃねぇよ！〃

　怒りに任せて愚痴《ぐち》っている（というより吠えている）英二さんの言葉を聞きながら、僕は呆気に取られながらも溜め息を吐いた。

『はぁ。さすがファッション界の大御所、早乙女ファミリーだよね。家族から何気なく頼まれるお使いが、イタリアからフランスを回るお仕事と、お買い物だなんてさ。しかも皆、ちょっとそこまで行ってきてよ…って感覚なんだもんな』

　前触れもなく「イギリスに引っ越す」って言い出したうちの父さんもけっこうな人だけど、それでもまだ「転勤」だとか「実家から呼ばれた」とかって理由のほうが、まだ庶民の域だろう。

　僕は、昨日までのゴージャスな無人島旅行の凄ささえ、一瞬で消去されたような気分だった。

〃――――で、菜月。ところで今、どこで電話受けたんだ？〃

「え？　自分の部屋だよ」

〃葉月はいるのか？〃

「葉月は直先輩のところに行ったよ」

　イギリス行きの話をしに。今後の相談をしに……って、切り出そうとしたのに。

〃だったらちょうどいいな。このまま電話エッチしようぜ♡〃

「へ？」

どうしたら英二さんってば、こういう展開になるんだろう？

〃いやー、葉月がいなくてラッキーだったぜ。本当だったら一発やってから行きてぇところだけどな、そっちまで往復してる時間もねぇんだよ。だからこのまま電話で抜こうぜ♡　自分の握れよ〃

「………………えっ…英二さん！」

『そんな……〃握れよ〃って。なんて露骨な』

僕は、イギリスに行く話を真剣に聞いてもらおうと思ってたのに。

〃握ったか？〃

「できるわけないでしょ！」

〃なんだよ、今更だろう？　恥ずかしがるなよ。一晩中ハメっぱなしで、過ごした仲だろう？　お前、いい加減に俺のを記憶しそうとか言ってたじゃねぇかよ〃

「えっ…英二さんっ!!」

今後のことを相談に乗ってもらって、励ましてもらって、頑張ろうなって言ってもらって。

それから、思いきり慰めてもらおうと思ってたのに！

〃俺の息子、菜月への収まりが相当よかったのかよ、もう一晩離れただけで、感触を恋しがってビンビンになってるんだぜ。今にも泣きそうになって、先っぽがもうヌルヌルでよ〃

『―――英二さんっ!!』

なのに僕は、どうしてこんな〝エロ電話〟にその気にさせられて、大事な話を切り出せないんだろう。

『あーもーっっっ!!』

いっそ電話を切ってやる！　とか思って、僕は受話器を耳から離した。

〝切るなよ！　ここで切ったらただじゃおかねぇぞ！〟

「どっ…どうしてわかるの、切ろうとしたこと？　もしかして、近くで見てない？」

僕は、思わず部屋の中をキョロキョロとすると、ふとカーテンの開いた窓が目に止まった。

〝菜月の行動なら、地球の裏側にいたってわかんだよ！　いいから俺の言うとおりにやってみろよ。正直俺が大学卒業したら、もっとこき使われる羽目になるからな。今後のためにも〝こういうコミニュケーション〟は、覚えておいたほうがいいからよ♡〟

僕の足は、自然と窓に向いていた。

「それ一体、どういうこじつけなの？」

僕の開いた手は、何気なくカーテンを引いていた。

〝こじつけじゃねぇよ。これは側にいられねぇときでも、お互い気持ちいい関係でいるための手段の一つなんだよ！〟

「──────────！」

僕は、頭の中では理性とか良心を気にかけながらも、実際は電話エッチに対応できる部屋作りをしている自分が、めちゃくちゃ情けなかった。

「側にいられないときでも……」

なのに、そんな感情さえ英二さんの一言には粉砕される。

「……それって、遠距離恋愛には…必需ってこと？」

〃あ？　遠距離恋愛は大袈裟だろう。でもま、今回みたいに一週間だの十日は日本を離れるぞ…っていうのは、ざらにあるだろうからな。ってことで…な♡〃

イギリス行きの話は全然聞いてもらえないのに、英二さんから発せられる言葉の数々は、不思議なぐらい今後の対策でも語っているようで、僕の心を揺れ動かした。

素直に、電話エッチへの好奇心を、奮い立たせた。

〃ほら、菜月！　本当に時間がねぇんだから早く握れよ！　俺はもうお前の喘ぎ声一つでいつでも抜けるんだからな！　やるぞ！〃

『でも、やるぞって…英二さん』

僕はピッチを握り締めながら、なんだかクラクラとしてきた頭を抱え、ベッドと腰かけた。

〃で、握ってどんな具合なんだよ。菜月のいやらしいソコはよ♡〃

英二さんは「やるぞ」と言いきると、本当に僕の返事なんかお構いなく、そのまま本格的なテレホン・セックスを仕掛けてきた。

僕は、おいおいって思いながらも、なんとなく〃構えている自分〃に苦笑が浮かぶ。

『……それにしたって』

もし僕の感性が歪《ゆが》んでなければ、〝こういうこと〟って、普通は自然に仕掛けてくるものなんじゃないだろうか？　と、思ったりもした。

普通なら口説《くど》きながら自然にムードを盛り上げて。

いつの間にか下腹部に手が伸びるようなことを呟いて。

そして徐々《じょじょ》に徐々に官能と妄想の世界に誘導して……。

『それがいきなり握れ！　だもんね。やるぞだもんね。英二さんだよ…紛れもなく』

僕は、〝僕の乙女チック思考〟に合わせているときは、これでもかってぐらいのサービス精神を発揮する英二さんが、自分本位なときは、とことん自分本位なのが〝英二さんらしいな〟って思えた。

〝お前の…今どれぐらい起き上がってるんだよ？　ジンジンしてきた程度か？　それとも中勃《なかだ》ち起ぐらいか？〟

でも、耳元から続々と聞こえてくる際《きわ》どいセリフの数々は、そんな僕の思考をあっという間に一転させる。

〝まさかいきなり反り返るぐらいピンピンしてるなんてことねぇだろうけど…ん？　どうなんだよ、菜月からも何か言えよ。今、これぐらいとかさ〟

僕は、最初のうちは「でも。だから。どうしろっていうんだよっ！」って気持ちのまま、ピッチを握り締めているだけだった。なにせ電話で〝やる〟っていう事実を突きつけられただけで、僕の体は平熱から微熱へと上がっていて、緊張しちゃってるんだから。

〝ほら。自分で触ってみて、擦《こす》ってみて、何をどう感じるのか俺に教えろよ。それとも俺の手じゃねぇともう反応しねぇのか？　まさか口でしゃぶりつかねぇと感じないとかって、贅沢《ぜいたく》な品物になっちまったんじゃねぇだろうな？〟

なのに、英二さんは会話しか手段がない（そりゃそうだけど）もんだから、必要以上に僕にしゃべらそうとした。

〝だったら尚更言えよ。素直によ。英二さんしゃぶっ～て♡　って〟

いつものエッチでは言わないようなことまで、わざとらしく言ってきた。

「えっ…英二さん…！」

〝もう…名前なんかいいからよ。普段のときみたいに、セックスでも思いきりわがままにねだれよ。

それで喘いで、イッて、俺のこともイカせろよ〟

僕にダイレクトな反応を、求めてきた――――。

『英二さん………』

〝菜月…っ………なつ……き〟

しだいに、英二さんの息遣いが荒くなっているのが伝わってきた。

『本当に…本当に…英二さんもしてるの？』

僕は、心のどこかで「僕だけが恥ずかしいこと、させられようとしてるんじゃないの？」って気持ちがあったから、今一歩同調することができなかった。

〝菜月…言えよ。お前の声で。しゃべりで………僕のにキスしてってって〟

でも、それはそうじゃなくって。

本当に英二さんは、僕の一言一句を求めていて。

その想いというか、オーラというか。

欲望みたいなものが耳元から全身に伝わってくると、僕は本格的に下半身がうずうずとしてくるのを、欲求が高まってくるのを、自分でも認めざる得なかった。

「………僕の…に…キスして」

僕は、噤んでいた欲望を言葉に出すと、それだけで体中の血液が一点に流れ集まるような感覚に陥《おち》った。

〝ああ…いいぜ。キスしてやるよ〟

吐息の狭間に、ｃｈｕ…って音が微かに聞こえた。

僕は、乾いたキスの音に耳元から背筋をなぶられながら、自然とピッチを左手に持ち替えて、利き手を短パンの中へと潜りこませていた。

「………んっ…っ」

芯は、待ってましたとばかりに、グンって反り上がって指に絡んだ。

僕はそれを短パンから引き出すと、しっかりと握り締めて擦り始めた。

それは、英二さんのに比べたら、まだまだ子供みたいなものだけど。

それでも僕のものはパンパンに張りつめて、僕の手の平にはっきりとした脈動を伝えてきた。

『熱い——————。こんなに熱くなってる自分に触れるの…久し振りかもしれない』

英二さんと付き合うようになってから、僕は自慰《じい》なんかほとんどしていなかった。

『こんなに…こんなに熱かったっけ？　僕のここ』

快感は、会う度に英二さんが与えてくれたから。

もうしばらくは、そんな気持ちにはならないよ…って思うほど、英二さんが自慰では考えられなかった愉悦《ゆえつ》を教えてくれたから。

自分自身の熱さなんか、すっかり忘れていた。

〝キスだけじゃものたりねぇだろう？　嘗《な》めてやろうか？〟

「うん……嘗めて……僕の…嘗めて」

僕の脳裏に、理性の文字はもうなかった。

〝でも…こうなると嘗めるだけでもイケねぇよなぁ、菜月。ここからどうして欲《ほ》しい？　ん？〟

「……あんっ……っんっ…吸って。強く……」

僕は、英二さんに誘導されるまま、淫らな言葉を次々に吐きだし、無我夢中で自分自身を扱いていた。

〝どこを？　どこを強く吸えば、気持ちがいいんだ？〟

「先の…ほう。チュッ…って…吸って。それから、それから……くびれた…ところも」

〃あとは？〃

「あとは…あとは……いつもみたいに……」

ベッドに腰かけていた体は、いつの間にか横たわっていた。

ピッチを握り締める手も、もどかしさに震えていた。

〃いつもみたいに？　どうだったっけな？〃

「やんっ…意地悪しないで……っ。全部…全部含んで。いっぱい吸って……よっ」

瞼を閉じると、英二さんの意地悪な顔が鮮明に浮かび上がった。

僕のを握りながら、口づけながら。いつも僕の快感を自在にコントロールし、言いなりにしてしまう、英二さんの顔が。

〃あとは？　っ……あとは…？〃

「あとは……少しだけ…噛んで……好きって言って……んっ…っ」

僕は、がむしゃらに扱きながら、ベッドで身悶《みもだ》えながら。

エクスタシーに昇りつめる手前までくると、いやらしい言葉で煽られるより、優しい言葉で包んでってせがんだ。

〃好きだぜ…菜月〃

「言って…何度も………んっっ…」

英二さんの声で。英二さんの口調で。英二さんの想いで。

僕のすべてが包まれることを求めた。

〝菜月が好きだ……お前が好きだ〟

「英…二…さん…好きっ…」

息も絶え絶えになりながら、僕はうわ言のように英二さんの名前を呟いた。

〝好きだ…好きだぜ…菜…月〟

「僕も…僕も英二さんが………大好きっ……っ……」

好きって気持ちを、大好きって想いを、呟きながら快感の絶頂まで昇りつめた。

「っ――――――――!!」

握り締めていた手の平に、熱いほとばしりが広がる。

汗ばんだ左の手の平からは、ピッチがずれ落ち、耳元に転がった。

「はぁっ…はぁ…っ…」

達した快感に、体が脱力している。

意識が朦朧《もうろう》として、思考能力がなくなっていく。

〝………イッたか？〟

ただ、英二さんの確認を取るような一言を聞いたら、僕は無性にキスがしたくなった。

英二さんの唇に触れて、舌を絡めて、息も止まるようなキスを…したくなった。

「…………っ……っ」

〃恥ずかしがるなよ、イッたんだろう？　けっこう抜けるだろう？〃

でも、次の言葉を聞いたら、抱き締められたくなった。

僕は英二さんに抱き締められて、撫でられて。痛いぐらいに束縛されて、愛されてるって…感じたくなった。

「……っ……っひっ…っく」

〃なんだよ。気持ちよすぎて、泣きたくなったのか？　そりゃ上出来だぜ。向こうからも電話かけつからよ、またしような〃

「いやっ…もうしないっ」

一度放ったことで、肉体はかなり満足していると思う。

けど、僕の心は肉体に反して、欲求不満になってしまった。

〃あ？　なんで。ちゃんとこういうやり方でもイケるってわかっただろう？〃

「イケないっ…イケないもん！」

声は聞けても、キスもできない。

抱き締めてももらえないし、束縛してももらえない。

それこそ今ここに、僕のすぐ側に、英二さんはいないんだってことを実感させられるだけで。

肉体が熱く高ぶったぶんだけ、心のほうは寒さに震えてくる。

〝……イケない…って、だってイッたんだろう？〟

「違うよっ…そういうことじゃないよ。体はイケても心はイケないよ！　だから嫌なのっ！」

凍《こご》えてくる――――。

〝!?〟

英二さんは、僕の涙声の訴えに、一瞬驚いて言葉がつまったみたいだった。

「こんなの…気持ちよくないよっ……。そりゃ全然とは言わないけど。イクことはイッちゃったけど。でも…でもね…。僕は…何もしなくても英二さんが側にいるほうが気持ちがいいよ。心が満たされるよ……。だから…これは嫌っ」

〝……菜月〟

「側にいないって…思わされるだけだから。こんなに…こんなに熱くなってるのに、抱き締めてもらえないって…突きつけられるだけだからっ。哀しいから。空しいから…もう…やだっ」

〝――――――〟

熱くなった体が、一転して急速冷凍でもされるみたいに、気怠さだけを残して冷めていく。

『こんなんで、どうやって遠距離恋愛をしていけばいいんだろう？』

僕は、思い浮かんだ疑問に、ただ不安が膨らむだけだった。

イギリスに行かなきゃいけないのに。

一年のうちに何度会えるのかもわからないところに行って、離れ離れにならなきゃいけないのに。

距離ができる。時差もある。

今の状態からは想像もつかないぐらい、もっともっと側にいられなくなる。

それにはうんと強くならなきゃいけない自分が必要になってくるのに、その前に僕は自分の弱さに押し潰されそうになる。

〝わかったから。抱いてやるから…今は泣くな〟

「………英二さん」

今は、それでもまだそんなに離れていないところに、英二さんはいる。

〝帰ってきたら、心も体も丸ごと気持ちよくしてやるから。だから、今は我慢して待ってろ。俺も我慢するからよ〟

「……………うん」

一週間すれば、また会える。

〝おっと、時間だぜ。出なきゃならねぇや。あ、菜月！　向こうからも電話入れるから、忘れずにちゃんと充電しとけよ！　お前、昨夜電話したのに繋がらなかったぞ！〟

「あ、はーい」

ちゃんとギュッ…って、抱き締めてもらえる。

英二さんの両腕で。英二さんの胸の中に。

〝んじゃな！〟

「ん。気をつけて行ってらっしゃい」

でも、次に〝んじゃな…〟って言われたときには、一週間では再会できない。

早くても冬休み？

それとも、英二さんの試験が終わるまで？　大学を卒業するまで？

『………切れちゃった』

もしかしたら…もっと先？

一年後の夏休みとか、二年後とか。僕が日本に戻ってくるまでとか。

『未来って…なんて残酷なほど、無限にあるんだろう』

僕は、切れてしまったピッチに視線を流しながら、まだ握り締めたままどうすることもできなかった利き手を再び動かした。

『英二さん…っ…』

最初より全然滑りのよくなった芯を扱きながら、僕は二度目のエクスタシーを自《みずか》ら求めた。

空しいことだとわかっていながら、あとから何倍も哀しくなるってわかっていながら。

それでも今だけでもいいから、何も考えられなくなる自分が欲しくて。

「あっ…っんっ…えい……じ…さ……っ」

瞼の裏に焼きついた、英二さんの姿を思い浮かべながら、自分自身を慰めた。

「っ………ん…英二さんっ………!!」

けど、そのときだった。

ガシャン！　と部屋の扉の向こうから、突然何かを落とし、割ったような音がした。

「――――えっ!?」

僕は慌ててベッドから飛び起きた。

『何？　何っ？』

取りあえず身繕いをして、ティッシュで手を拭って。バタバタとしながらも、扉のほうへと視線をやった。

すると、部屋の扉はわずかに開いていて。その隙間からは、僕と同じようにワタワタとしながらしゃがみこんで、何かを片づけているウィルの姿があった。

「――――ウィル！」

見られた!?　聞かれた？　だとしてどこからどこまで？

三秒前まで、確実に僕の体内で荒れ狂っていただろう血の気が引いた。

ウィルは、僕に名前を呼ばれて一瞬ピタリと動きが止まった。

落としたのはグラスか何かだったんだろう。集めた破片《はへん》を手にしながら、溜め息混じりにゆっくりとこちらを向いた。

「……………ごめん。驚かせて」

サファイヤ・ブルーの瞳が、困っていた。

困った瞳が、僕に向かって明らかに〝見てしまいました〟と自白していた。

「葉月は外に出て行ったのに、葉月だけがずっと部屋から出てこないから…。ちょっと心配になって…飲み物でもと思ったんだけど…その…」

ただ、その瞳も口調も「余計なお世話だったたね…」と言うよりは、「思ったより元気みたいで安心したよ…」って感じだった。

昨日の今日だし、泣いてふさぎこんでいるのかと思えば、とりあえず一人エッチしちゃうだけの気力はあるんだね♡　みたいに。

「撤退《てったい》するのに…ミスってしまって、ごめんね」

ウィルは、取りあえず笑ってごまかそうとしていたけど、頬は赤く染まり、顔は完全に引きつっていた。

「…………い…っ…いえ、こちらこそ」

何が「こちらこそ」なんだか、僕は自分で喋ってても、返事の意味がさっぱりわからなかった。それどころか、ウィルは引きつっているけど、じゃあ僕の顔は？　ってなったら、赤くなってるのか青ざめているのか、見当もつかない。

なにせ、頭の中は言い訳もできないぐらい物凄いとこ見られちゃったよ!!　って事実に対して、動揺と困惑が入り交《ま》じって、傷心に浸りきっていた自分さえ、ブっ飛ぶようなパニックに陥っていたから。

「…………フッ」

けど、そんな僕を見ているうちに、ウィルの顔は苦笑へと変わった。

というより、この場合は微苦笑だろうか？

「こちらこそか。楽しい子だね、菜月は」

「たっ…楽しい？」

「楽しくて、可愛いくて、素敵だね」

いや、キラキラ全開のゴージャス・スマイルになった!!

「たっ…楽しくて…可愛くて……すっ…素敵ぃ!?」

電話エッチしてたのに？

それじゃこと足らずに、余韻で独りエッチまでしてたのに!?

それが楽しいの？　可愛いの？　素敵なの？

『外国人の感性って、ナニモノ!?』

僕はウィルが何を考えてるんだかわからないまま、更にパニックを拡大していった。

「その上、健気《けなげ》でいじらしくって……一生懸命で。どうしようね、出会って二日目だというのに、君は僕の心を捕らえて放さない」

でもそのパニックは、含みのありそうな彼の言葉に、視線に、一瞬で正常に戻された。

「…………え？」

サファイヤ・ブルーの瞳が、僕を捕らえる。

彼の美しすぎる真顔が、まるで魔力を放ったみたいに、僕の体を動けなくする。

「伯父さんではないけれど、菜月の彼に嫉妬してしまいそうだよ」

『え？　え？　ええっ？』

正常に戻ったつもりだったのに、今度はウィルの一言から、さっきの倍のパニックに見まわれた。

『ええええ？』

と、そんな僕のパニックぶりに、ウィルはからかうようにプッと吹き出した。

「なんてね♡　それぐらい可愛い従兄弟に巡り合えて、僕は幸せだよって言いたかっただけ」

冗談だよって言うみたいに、僕にウインクを飛ばしてきた。

「――――ウィっ…ウィル？」

からかわれたんだってわからなければ、一撃で胸がズキン・ドキンしそうな、必殺必勝のウインクを。

「向こうに行ってから、近くに暮らせるようになるのがとても楽しみだよ。菜月」

ウィルはそう言ってその場から立ち去ると、何事もなかったかのように下にいる母さんに声をかけ、壊してしまったグラスのことを謝っていた。

僕は、「で、結局なんだったんだろう？」とか思いながらも、扉を閉め直すと、完全に部屋を密室にし、実はベタベタして気持ちの悪かった下着や短パンを履き替えた。

ただ、着替えているうちに僕はこれ以上の説明はいらないだろうっていう現実に……。

『……なっ…なんだったんだろうじゃないよ！　また人に見られたんだよ、結局っっ！　もーっ！　英二さんの馬鹿っ!!　僕にこんなにことさせるからっっっ!!』

無人島の一件ならいざ知らず、ここでウィルに見られたってことだけは、一生口が裂けても言えない…とか思ってしまった。


「ただいまー」


けれど、打ちひしがれている暇もなく、下からは葉月の声が聞こえてきた。

『葉月？　直先輩のところから戻ってきたんだ』

足音が真っ直ぐに階段を上ってくる。

心持ち、沈んでいるような気配が感じられる。

『…………葉月？』

どうしたんだろう？　直先輩に引っ越しの話をしに行って、何かあったんだろうか？

『まさか…別れ話になったとか…そんな極端なことはないよね？』

僕は、なんだか妙な胸騒を覚えた。

扉の向こうまできているだろう葉月の不安や動揺が、やけに伝わってきて。

「ただいま、菜っちゃん」

「どうしたの？　葉月!?」

扉が開いた瞬間、僕と葉月の声はものの見事に重なった。

「――――へ？」

「何があったの？　直先輩と」

僕は、その胸騒ぎの正体がなんなのかが気になって、自分のほうが堪らなくなって葉月に話を切りこんでしまった。

「…………なっ…何って…菜っちゃん。なんか…僕から感じるの？」

「うん。それが何って聞かれると困るけど…でも、何かあったんでょ？」

もしかしたら、こんなに突っこんで聞いては、いけないような話なのかもしれないのに。

今はそっとしておいて…って、いうような展開の話かもしれないのに。

「…………聞かないほうが、いい話なの？」

どうして僕は聞いてしまうんだろう!!

「うっ…ううん。そんなことは…ないよ。言いにくいって言ったら、言いにくいし。話していいのかな？　って思う内容でもあるんだけど……でも、隠してはおけないことだし」

「葉月？」

葉月は、僕と視線を合わせたり反らせたりしながら、かなり戸惑っている様子を見せた。

誰に、何になのかはいまいち掴めない。

ただ、その顔色や表情を見る限り、悪いことで動揺しているわけではない…ってことは、僕にも理解できた。

「………あっ…あのね菜っちゃん。僕…今更なこと言っていい？」

葉月は、迷いに迷ったみたいだけど。それを振り切るとしっかりと顔を上げて、僕の目を真っ直ぐに見てきて。何か一大決心でもしたの？　っていうような表情をした。

「なっ…何？　葉月」

「僕…直先輩好きみたい」

「————は？」

そのわりには、かなり拍子抜けするような内容で、僕は思わず聞き返してしまった。

「もしかしたら…菜っちゃんよりも…好きかもしれない」

けれど、更に返ってきた葉月の言葉には、僕は二の句が告げなかった。

「今朝までは…絶対に菜っちゃんのことが一番好きって…思ってたのに。今は…直先輩が一番かもしれない」

『————葉月』

葉月は、僕が一番じゃなくなってしまったことに、遠慮があるんだろう？

僕なんかとっくに英二さんが一番とか言いまくっているのに。

そんな僕が、葉月の一番が直先輩になったからって、喜ぶことはあっても、怒ったり酷いとか思うことはないのに。

『…あ、うそ。でもこうやって改まって言われると、ちょっと悔しいのはたしかかも』

この悔しいが、恋という感情とは違うことはわかっている。

兄弟だから…というのもちょっと違う。

多分、これは僕の欲ばりな部分なんだ。

直先輩が可哀相とか、英二さんが一番とか言いながらも、菜っちゃんが一番好きって言ってくれてた葉月も、そのままキープしておきたいって我欲が、心のどっかにあったんだ。

「…………菜っちゃん。喜ぶ？」

「ううん。百パーセント喜べない。九十パーセントぐらいは〝それでいいんだよ〟って思うけど、十パーセントぐらい…悔しい」

僕は、嘘でもよかったって言ってやれよ！　って気持ちはあるんだけど。でも、そんな嘘はすぐにバレてしまうのがわかっているから。

誰をごまかしても、葉月にはバレてしまうから、正直に我欲とわがままを口にしてしまった。

けど、そんな僕に葉月はニコッって笑うと、

「本当！　悔しい？　悔しい？　十パーセントでもそう思ってくれる♡　やったー♡」

なぜか上機嫌になって僕に抱きついてきた。

「はっ…葉月？　そのやったーって、何？」

「何って決まってるじゃん♡　正直な心そのままのやったーだよ♡　僕があれだけ悔しい想いをしてきたんだから、菜っちゃんに少しぐらいそういう想い、してほしいじゃん♡」

「………葉月？」

抱きついて、はしゃいで、歓喜して。

それから改めてまたギュッって抱き締めてきた。

「本当だよ菜っちゃん。百パーセントおめでとうとか、よかったよかったって言われたら、僕のことだからきっとムキになって、今のは嘘《しの》とか…言ってるよ。菜っちゃんにまだまだ構ってほしくて。絡みたくって。直先輩が菜っちゃんを凌いで、一番になるはずないじゃんよ…とか、言ってるよ」

「……………葉月」

葉月は、だから僕に「ありがとう」って言ってきた。

「これで本当に直先輩が一番って、思えるよ」って。

「直先輩にも一番だよ…って、言えるよ」って。

「やっと菜っちゃんから卒業できるよ」って。

そして抱き締めた腕を解《ほど》くと、もう一度真っ直ぐに僕を見て、苦笑混じりに本題に入った。

「菜っちゃん、僕ね。今日…本当は直先輩に〝さよなら〟って言いに行ったの」

「――――――葉月!!」

「だって、昨夜イギリスに行くって話が出たときに、僕は菜っちゃんみたいに、恋人と一緒にいたいから日本に残りたい！　なんて咄嗟には思わなかった。特に、父さんに食い下がる菜っちゃん見てたら、引っ越したら僕と直先輩はどうなるの？　って心配をする前に、早乙女英二と引き離された菜っちゃんはどうなっちゃうの？　って…心配のほうが…先に立っちゃって。とてもじゃないけど、それ以外のことは考えられなかったんだ。だから、こんな僕が直先輩と付き合ってるのは、そもそも間違ってるってるんじゃ…って思って。距離で離されてどうこうって言う前に、これじゃ恋人なんていえないよ…って思って。だから、それなら変な口実を作る前に、別れようって…決めて直先輩に会いに行ったんだ」

葉月は、本当に今朝まで菜っちゃんが一番だった…という想いを、正直に教えてくれた。

「でも…ごめんなさいって言った僕に、別れて下さいって言った僕に、直先輩は理由は何？　って聞いてきて。僕がありのままを答えたら、そんなこと今に始まったことじゃないのにって笑って。付き合うって決めたときから、僕が二番なのは分かってるよって…信じられないぐらい笑って。だから今一番になるように、僕なりに努力をしてるんだよって言ったんだ」

そして、その順位が入れ替わった瞬間も。葉月は包み隠さずに、教えてくれた。

『………直先輩ってば。僕のツボはわからなかったみたいだけど、葉月のツボは本当に心得るよな～』

僕はその話を聞いて、やっぱりなるべくしてなったってことなんだろう…僕たちのカップルは、なんて実感した。

ただ、葉月の話はそこでは終わっていなかった。

「それで、今の僕の努力じゃそれがわからないって言うなら、もっとわかりやすく努力してあげるよ…って言って………いきなり」

「いっ…いきなり？」

終わっていなかったどころか、まさかの展開か!?　と、僕は目を丸くした。

『言ってわからなきゃ体で努力を伝えるの？　直先輩ってば、とうとう本性発揮？』

他人事ながら、ドキドキした。

すると葉月は、目をうるうるにしながら僕に言い放った。

「いきなり…いきなりイギリスに留学するって言い出したんだよ！」

「――――――あ？」

けど、まさかの展開に僕は目を丸くした上に、間抜けな声をあげてしまった。

「りゅっ…留学!?　どこに？」

しかも僕の妄想は、相当妄想らしいことが発覚して。

「だっ…だからね。なんでもオックスフォード近辺に、うちの学校と交換留学制度のある寄宿学校があるんだって。もちろん留学するにはテストみたいなものあるし、規律は厳しいし、外出外泊も決して家にいるほど自由じゃないけど。でも受かって行けば、日本にいるよりは全然近いし、会える回数も比べ物にならないから…って」

「比べ物って。それで直先輩留学するって言うの？　葉月の側にいるために？」

「うん。びっくりでしょ」

「うん。びっくりした」

僕は、正直いって直先輩っていう人は、見た目も中身もクールな王子様だと思いこんでいた部分があったから、この突飛な発想というか行動には、意外というか、ただ驚かされた。

『……あ、でも。昔カッ飛んだことしてたんだったら…これぐらいはなんてことないのかな？　カッ飛び方の種類が、いささか違う気はしないでもないけど』

けど、これじゃあ葉月も観念して順位入れ替えちゃうよな…なんて、思ったりもする。

「びっくりだよね〜」

葉月は説明しながらも、戸惑ったような、でも本当は感激してるんだろうな…って顔をしながら、僕に話し続けた。

「だってさ、これだけ近くにいたってナンバー2なのに、遠距離恋愛になんかなったらベストテンからも落ちかねない…って言うんだよ。それに、もしナンバー2を維持して交際を続けられたとしても、その間は確実にナンバー1にはなれないし。何より、僕自身に肩身の狭い思いをさせるのは目に見えてるから、それはしたくないって」

「…………肩身の狭い思い？」

「そう。同じ条件で恋愛するにしても、早乙女英二ならね、たとえ菜っちゃんがイギリスに行こうが南極に行こうが、根性で通いつめるだろうし、それだけの財力も時間も自分で作り出せるって。でも…学生の直先輩には、今は〝将来のために勉強する時〟だって決めてる直先輩には、自分でバイトして旅費を作る時間もないし。ましてや同じ〝菜っ葉の男〟を語るなら、勉強のために親にお金を出してもらうことには抵抗ないけど、恋人に会いに行くだけのためにお金は出させられないって。わずかではあっても、面子《めんつ》はあるし。だったらいっそ、自分が稼げない、勉強しかできない学生なんだって特権を盾に取って、頭の方で僕の側に行くって」

「………あっ…頭でね」

直先輩だからこそのセリフだよな〜。僕には一生言えない。

「だからね、僕言ったの。それって本当に僕のためなの？　もしかしたら早乙女英二への対抗意識なんじゃないの？　恋よりプライドで決めてない？　菜っちゃんが一番だから別れようとか言ってる僕のために、どうしてそこまで言えるの？　って」

あ…、直先輩が直先輩なら、葉月も葉月だ。

やっぱり僕には言えないようなことを、堂々と言い返して。

「それ…可哀相だよ。葉月、天《あま》の邪鬼《じゃく》すぎるよ。そんなこと言われたら、いくら先輩だってくじけちゃうじゃん」

「可哀相じゃないよ！　それでくじけるぐらいなら別れてきてるよ！　僕、そこまで思われても逆に自信ないって言ったんだよ！　それでもし先輩が留学してくれて、向こうの学校でとんとん拍子に大学まで行ったとしても、僕は菜っちゃんが日本に帰るって言ったら、帰るんだよって！　今度は逆に先輩がイギリスに置いてきぼりになったらどうするの？　そのときは向こうから逆留学して日本の大学に入るつもりなの？　って」

「…………そこまで言う」

「だって、そこまで言ったって責任負えないようなことなんだよ！　僕のためにそこまでしてくれても、僕は同じだけ直先輩にはしてあげられないよ！」

「………まっ…。まぁ…たしかにそうなんだろうけどさ」

自分に対する相手の気持ちはとっても嬉しい。これはたしかだ。

けど、その気持ちが思いがけず、想像以上に大きいものだと、ついつい引いてしまうのも人間の心理なのかもしれない。

「で、それで直先輩はなんて言ったの？　そこまで言われて」

「そのときになって、それでもまだ僕が直先輩より菜っちゃんを追いかけるなら、そのときはさすがにもう捨てるって」

「――――すっ…捨てる!?　直先輩が？　そんなこと言ったの？」

僕はビックリの次元を超えて、話の先を聞くのがためらわれた。

でも、葉月はそんな僕の動揺も無視して、視線を逸らしながらも更に更に話し続ける。

「言った。諦めるなんて生易《なまやさ》しい言葉じゃ、自分を慰められないって。努力すれば、必ずなんでも実るってもんじゃないことぐらいはわかってるけど。だからこそ、最善を尽くしても結果が得られないなら、なかったことにするって」

「………あ、そう言う意味ね」

なんだ、僕が思ってるよりもずっと、直先輩って葉月にメロメロなんじゃん。

葉月のほうがその思いの強さに、全然追いついてないみたいだけど。

「そういう意味もこういう意味もないよ。話はそれからまだ続くの」

「………まだ？」

「そ。ただし、そのときになってまだ葉月が、菜っちゃん菜っちゃん言ってるような付き合い方をする気なんか、サラサラないけどね…とか言ってさ」

それでも直先輩は、何気なくしかっかりと、葉月をリードしてるんだ。

「いいことじゃん♡」

「よくないよ！　僕に、直先輩のことしか考えられないようにしてあげるとか言うんだよ。たとえ相手が菜っちゃんでも、必ず僕の頭から消しされるんだってことを、教えてあげるって！」

「カッコイイー♡　そこまで言われるなんて、恋人冥利《みょうり》じゃん♡」

「カッコイイじゃないよっ！　直先輩そう言って僕に何したと思うの！」

「何したの？　キスでもしたの♡」

「いきなり抱き上げて、そのままベッドに直行したんだよ！」

「────────いっ!!」

葉月を……リード、してるんだね直先輩。

しかも、かなりどさくさに。

「でっ…で？」

んでもって僕も、かなりどさくさに聞いてしまったりする。

やっぱり僕の妄想は、あながち外れてないんじゃん♡　とか思ったりしながら。

「でっ…て。そっから先は説明できないよっ」

「ええ!?　説明できないようなことしてもらったの？」

「なっ…菜っちゃん！　それ〝してもらった〟じゃなくって、普通は〝されたの？〟って心配して聞くことでしょ!?　兄弟ならっ、お兄ちゃんなら！」

「だっ…だって、その展開なら心配するようなことじゃないじゃない。葉月だって、遅かれ早かれあげるつもりだったんでしょ？　ただ…いきなりだったから戸惑ってるってだけで。慌ててるだけで。本当は…嫌なことじゃなかったとか…思ってるでしょ？」

「……………」

僕の鋭い突っこみに、さすがに葉月も口を噤んだ。

「思ってるよね？　だって葉月のそういう波長、今、すんごく僕に伝わってきてるもん♡　恥ずかしいけど、嬉しいことだった。隠したいけど、見せびらかしたい。そういうアンバランスな気持ちがさ♡」

「…………菜っちゃん」

葉月は、口ごもっていたけど、まさにそのとおりです！　図星です！　みたいな顔をしていた。

「先輩、優しかった？」

だから僕は聞き続けた。

こういうおのろけ話は、突っこんでくれる相手がいないと話せないってことは、僕もよーくわかるってるから♡

「…………意地悪だった」

でも、本当に葉月が言いたかったことは、ラブラブなおのろけではなかった。

「――――え？　葉月が初めてなの知ってるはずなのに？　何、どんな意地悪したの!?　こととしだいによっては、僕が抗議に行くよ！」

「そうじゃないよ。そこまでしたくせに、何もしてくれないから意地悪なのっ！」

実は、そういう話だったのか……という内容だった。

「――――へ？」

「…………だからね、そこまでされたら僕だって、もしかしていきなりロストバージン!?　夏休みに彼の部屋で、しかもお引っ越しで離れ離れになる前に、二人の心は一つだよ…とかって証《あか》しを!?

って、菜っちゃんが喜んじゃいそうな乙女チックなシチュエーションだと思うじゃない！　ドキドキうっとり、でも誘惑の甘い罠？　みたいな気持ちになるじゃない！」

『おいおい葉月。乙女チック思考を全部僕のせいにしてるだろう？　実は葉月も、僕に負けず劣らず、夢見がちなところがあるんだろう？』

僕はこのとき、〝無人島に二人で漂流したかった〟のは、葉月の願望だったんじゃ？　とか、脳裏に過《よぎ》った。

「なのに！　なのに直先輩ってばさ!!　僕をベッドに押し倒して、もうどうにでもして♡　って覚悟をさせたくせにっ。めっちゃくちゃ腰が砕けそうな、前もズキンってきちゃうようなデープなキスだけしたら、すっごい意地悪な笑顔で〝ほら、一瞬だけど菜月のことは、忘れただろう♡〟とかって言うんだよ！　あたりまえじゃんよ、そんなことっ！　いくら僕だって、そんな時まで菜っちゃんのことなんか考えないよ！」

「……………葉月」

やばい、壊れてる。

普段僕より冷静な分だけ、壊れ方が半端じゃない。

「揚げ句に、トドメがこうだよ！　葉月のブラコンを改善するには、一朝一夕じゃ埒《らち》が明かないのはわかってるって。だから、徐々にこの気持ちを一瞬から一分に、一分から十分に、一時間に、半日に引き伸ばしていって、気がついたら先輩のことだけ考えてるように慣らしてやるって！　菜っちゃんのこと考える前に、先輩のことを考えてるように洗脳するって！　だからその気になってる葉月には悪いけど、今日はここまでだよ、だって！　続きは今後のお楽しみ♡　だって！　冗談じゃないよ！　なんで迫られて押し倒された僕が躱されるわけ？　据膳《すえぜん》食らうの!?　もうムッキーっっっ！　おのれ来生直也めーって、感じでしょう!?」

感じでしょうと…と力説されても。

はっきり言って〝そういう意地悪〟は、とてもとても英二さんには絶対にできないパターンなので。僕には「いやなんとも…」としか言いようがなく、慰めの言葉もない状態だった。

『うん。そうだよ。英二さんはやりながら意地悪することはあっても、やらないことが意地悪だなんて真似は、絶対にできない生殖機能の人だもんね。いや…本能が理性を食い破るタイプのケダモノだから、発情したらまず止まらないし』

つくづく人間って、いろんな人がいるんだな〜ってなものだ。

「あーっっっ悔しいっ！　腹立つっっっっ!!」

葉月は自分の枕を小脇に抱えると、当たり散らすようにグーで何度もパンチした。

パンチの数だけ、「直先輩の馬鹿っ！」って言ってるみたいに。

「………で…葉月はさ。それだけ怒ってて、どうして直先輩が一番になって帰ってきたの？」

僕は、なんとなく返ってくるだろう答えに見当はついていたけど、このさいだからトコトン葉月に突っこんでみた。

葉月は、プッと頬を膨らませながら、でもちょっぴり赤くなって枕をギュッて抱き締めた。

「…………………だって、これからのお楽しみって、どういうことだろう？　直先輩ってば、いつどこで僕に、何を仕掛けるつもりなんだろう？　って、頭の中でグルグル回り続けちゃって。気がついたら帰ってくる途中も今も、直先輩のことばっかり思い浮かべてるんだもん。こんなやり方で僕の気持ちを束縛するなんて、ずるいよ。酷いよ。意地悪だよって思うのに……。直先輩が昔の話だけじゃなくって、本当に人をベッドに押し倒すことができる人だったんだ…ってわかったら。なんか無意識にそればっかり考えちゃって。期待……しちゃって。菜っちゃんのことを考えてる、余裕がなくなっちゃったんだもん」

そして、直先輩への改まった発見と、エッチへの好奇心を、とてもとても素直～に語った。

「………ぷっ」

「笑い事じゃないよ菜っちゃん！　これってけっこう生殺し状態なんだよ！　最後の最後にたどり着くのが、明日なのか明後日なのか、それとも一年後なのか二年後なのか、わからないままいつもドキドキさせられるんだよ！　だったらいっそ、済《な》し崩しにでも痛い目にあったほうが、絶対にスッキリするって！」

「あっはっはっはっはっ!!」

僕は、弟なのに僕より全然しっかりしてて、それなりにいつも冷静な葉月が、開き直った直先輩の思うがままに翻弄《ほんろう》されている姿を見ると、なんだか無性におかしくなった。

「菜っちゃん！」

「やっぱり可愛いーっっっ♡　葉月最高っっ♡」

愛しくて愛しくて、ギュウギュウと抱き締めたくなった。

「ひどいよ、菜っちゃんまでそんなに笑ってて
っ！」

「ごめんごめん！　でもだったらいっそ、自分から迫っちゃいなよ♡　自分で機会を作って、最後までしてくれなきゃ別れるって、逆に先輩を脅かしちゃいなよっ♡」

でも、それはもう直先輩の役割だから、僕は少しだけ遠慮しておこうと思った。

「そっ…そんなことできるわけないじゃんっ！」

「できるできる、葉月なら！　今の剣幕で迫られたら、直先輩だって意地悪なんかできないって。可愛くって、本能全開になっちゃうから大丈夫だって♡」

その代わりに、葉月をいじめた直先輩に、ちょっぴりだけど仕返ししてやろうとか思って、僕は葉月をたきつけた。

「――――ほっ…本当？　僕にそんな魅力、ある？」

「あるある！　大体葉月に魅力がないって言ったら、僕にも魅力がないってことになっちゃうじゃん♡　それとも葉月は、僕も魅力がないって言うの？　同じ顔をして、同じ体してるのに」

こういうときに、瓜二つの双子って、話が早いよね。

自分は否定できても、兄弟までは否定できないもん♡

「…………菜っちゃん」

ましてや葉月じゃ尚のこと。

たとえ一番の座を直先輩に明け渡したとしても、二番が僕なのはわかってるもん。

「ね、だからさ。作戦立てるなら一緒に考えるから！」

「うっ…うん。でも、あんまり奇抜《きばつ》なことは考えないでね。菜っちゃん最近、やることなすことイッちゃってるから」

「あー、ひっどい言い方！　僕は誰かさんと違って、やってくれなかったなんて、イッちゃった理由でムキムキ怒ったことなんか一度もないよ」

「あーん、それを言わないでよ！　もぉ、菜っちゃんてば！」

僕らは、その日またもや、懲《こ》りずに〝姉妹〟のような会話で盛り上がり続けた。

だから僕らは兄弟なのに……とわかっていながらも。

ただ、そのおかげで…とは言わないけれど。

僕は少しの時間だけ、英二さんとは一週間会えないんだって寂しさを、紛らわせてもらった。

この一週間は、電話でしか英二さんと連絡が取れないんだ。

しかも、英二さんが仕事の合間をぬって、向こうからかけてきてくれるときにしか、まともに話もできないんだ。

日本とは違う時差の中で動く英二さんのスケジュールは、僕にはさっぱりわからない。

ということは、いつ、どこで、どんな状態なのかもわからない英二さん相手には、怖くて悪くて、僕からはむやみには電話はできない。

もし、僕の何気ない電話の一本が、英二さんのお仕事の邪魔《じゃま》をしてしまったり、失敗に繋がってしまったりしたらと思うと、僕はピッチを握ることすらできない。

これはこの一週間に限ったことではなく、これから下手をすれば約三年もの間、続くことなんだ。

一日一日が、まるで一カ月や二カ月に思えるほど長く感じられるのに。僕はこれから、未知の時間と我慢《がまん》比べのようなことをしなければならなくなる。

『…………僕に、本当にできるの？　こんな時間が続く、遠距離恋愛なんて』

そういう現実への不安を、ほんの一時だけ紛らわせもらった。


でも、それはやっぱりほんの一時のことでしかなくって――――――。

僕は次の日から、これが現実なんだって知った。

これからはこういう生活の食い違いの中で、英二さんと電話やメールだけのお付き合いをしなきゃならないんだって、思い知ると共に滅入《めい》っていった。

例えば、あえて現実から目を逸らすように、いろいろなことに気を向けようとすると。

「あれ？　菜っちゃん。宿題するの？　やっぱり日本残留を父さんに交渉する覚悟ができたの？」

「――――――あ」

提出する必要のなくなってしまった宿題を手にし、葉月からよりたしかな現実を突きつけられるハメになるし。

「やっ…やだなぁ僕って、律義っ！　よかった、葉月に言ってもらって」

「菜っちゃん………」

葉月にも心配かけちゃうし。

そうかと思えば、何かわたわたとして忙しそうな母さんに、あれ？　って思って声をかけると。

「八月なんてあっと言う間に過ぎるわよ。菜月も葉月と一緒に、自分達の部屋を片づけておいてね」

って、モロに藪蛇《やぶへび》だし。

かと言って、「英二さんが今行ってる！」っていう事実だけで、興味も持ったことのないヨーロッパの地図を眺めたり、時差なんか調べてみたりすると。

「…………なんだ？　この日本との時差が八時間のときと七時間のときがあるっていうのは。なんで夏時間と冬時間なんて、二種類もあるの？」

ますます頭がわやわやになった上に、地図上の距離だけを見ても、溜め息があとを絶たなかった。

『イギリスと日本って、一言で言うのは簡単だけど………』

それは今現在僕の住んでる横浜と、英二さんが住んでいる南青山との距離を比較したら、一体どれぐらい違うんだろう？

計算して出すのは簡単だけど、その数字は僕の今までの生活とはあまりに無縁すぎて、気が遠くなるだけな気がした。

「…………はぁ」

もう、溜め息しか出ない。

「大丈夫だよ菜月。今までどおりとはいかなくても、英二さんなら菜月が〝もういいよ〟って言いたくなるぐらい、頻繁《ひんぱん》に会いにきてくれるから。それに英二さんがくるのを待ってないで、菜月も長期休みの度に、英二さんのところに行けばいいんだよ。そうすれば、少なくとも一年のうちの四分の一は、一緒に過ごせるはずだしね」

直先輩は、今回のことは僕の考え方一つで、二人にとってはかけがえのない時を過ごせることになるよ…って、励ましてくれた。

英二さんなら見た目より全然マメだし。

僕（直先輩）と違って行動力も生活力も確実にあるんだから、菜月がへこたれなければ三年なんてあっという間に経《た》ってしまうよ…って。

「でも、離れたくないなら素直に言いなよ、菜っちゃん！　僕が一緒に日本に残るから！　父さんに一緒に交渉するから！　ハンストでもなんでも起こすから！　そうしたら直先輩だって、わざわざ留学しなくってもいいんだからね」

葉月に関しては、もう直先輩と一緒ならどこだって同じなんだから…って、ある意味強気な口調に変わっていた。

「それに、僕らが二人で暮らすことで、直先輩や早乙女英二に多少の迷惑はかける結果になったって、そんなの今の状況でだってたいして変わらないんだから、変に気にすることもないんだよ！」

『……そっ…そんな実も蓋もない言い方を』

「面倒かけて悪いな…って思う分は、いつかまとめて恩を返せばすむことなんだよ。どうやって何で返すかはあとから考えるとしても、一番大切なのは〝皆が苦労しがいのある方法と状況〟を選ぶことなんだからね！」

「………葉月」

このまま日本に残っても、イギリスに行っても。

何かしら今までとは違う苦労はすることになるんだから、一番頑張れる場所を選ぼうね！　って。

『本当に…しっかりしてるよ。葉月は』

なんだか、僕がお兄ちゃんしてるのって、エッチのほうばかりな気がしてくる。

「ところで菜っちゃん、それで早乙女英二はどういう意見なの？　この引っ越しの件に関しては。いくらいきなりイタリアに行っちゃったーって言っても、不気味なぐらいおとなしいじゃない」

「うん…それは」

なにせ覚悟を決めなきゃ、決心しなきゃって思いながらも、僕は英二さんにイギリス行きのことさえ言っていなかった。

というより、言えなかった。

「…………僕が決めたことに対して、合わせてくれるって。自分にはそれができるから、僕が思うようにしていいって」

それは、電話で言うことじゃないから…っていう内容なのもたしかだけど、それ以上に僕が〝そんな話はしたくない〟って、思っていたことが原因だった。

「うっへー。憎らしいぐらい余裕かましてるんだ。まぁ…見かけによらず、こうやって本人も世界を飛び歩いているから。この際菜っちゃんがどこにいても、たいして俺には関係ないとかって感覚なのかもしれないね。おまけに父さんへの対抗意識もバリバリみたいだから、これしきのことで俺と菜月を引き離せると思ってるのか！　これぐらいじゃ俺は取り乱さねぇぞ！　俺は親父には負けねぇからな！　とかって、思ってるのかもね♡」

「……かもね」

英二さんは、たしかに直先輩が言うことを裏づけるように、毎日必ず電話をくれていた。

時間はまちまちだったけど、忙しい合間をぬって、時差を超えて。

欠かさず僕に電話をくれて、無人島で約束したように、僕に「好きだ」って言ってくれた。

『……何が〝かもね〟だ』

僕にとって、それは一日のうちで何より貴重な時間だった。

好きって言葉以外に、別な何かを話したい、交わしたい時間ではなかった。

『ごめんね葉月。心配してもらってるのに嘘吐いて。直先輩も…本当に本当にごめんなさい』

だから、葉月にも直先輩にも、僕は「英二さんにはまだ何も言ってないんだ…」ってことさえ、口にすることができなかった。


だからというわけではないけど――――。


「ごめんね葉月。忙しいだろうに、急に外に誘ったりして。本当は僕も荷物をまとめる手伝いをしなきゃと思って、滞在させてもらっているんだけど…。仕事ぬきで日本にきたのは今回が初めてだから。ちょっと観光気分で遊びたい誘惑にかられてしまってね」

三日、四日、五日……と日にちが過ぎていくうちに、僕はなんとなく僕や英二さんや、葉月や直先輩のことをほとんど知らないだろうウィルと、一緒に過ごしている時間が増えていた。

明日は英二さんが帰ってくるというのに。

今日はウィルと街に出て、今更横浜の名所めぐりしたりなんかして。

昼は山の手のレストランで。夜は中華街のお店で。二度もごちそうされてしまった。

これが〝従兄弟相手の観光案内〟じゃなかったら、目一杯やきもちやかれて、こっぴどくお仕置されてしまいそうなデートコースだ。

「疲れただろう？　一日中連れ回しちゃったから」

ただ、そうは思いながらも、数日ぶりに楽しかった…というより、一日つらい思いをしなかったな…というのは実感できた。

「そんな、僕のほうこそ。引っ越しの準備から抜け出したかったから、かえって外に連れ出してもらって助かっちゃった♡　母さん、ウィルの頼みで外に行く分には、ほっぺたプッってしないし。僕にもありがたい口実だったよ」

「なら、よかったけど」

別に、彼と一緒にいたから特別に何がどうってわけではないんだろうけど。

根本的にウィルとの会話には、英二さんのことも今後のことも、遠距離恋愛のことも、ほとんど話題にはのぼらないから、気持ちが逸れて〝楽〟だったのかもしれない。

現実から目を逸らし、全く違うところに意識を持っていってたから、悩まずにすんだのかもしれない。

「でも…意外だな。ウィルって社会人だったの？　大学生かと思ってたのに。それこそ貴公子様が通っているようなイメージのある、オックスフォードとか、ケンブリッジとかで」

もしかしたら、僕に気を使ったウィルが、わざとそうしてくれたのかもしれないけど。

前も今日も、さりげなく歩幅を合わせて歩いてくれたように。

僕のブルーな心の中を見て見ぬふりをしながら、一日楽しませてくれたのかもしれないけど。

「大学には行っているよ。一応語学と文化と経済をメインに学ぶために、オックスフォードにね。

ただ、あと数年もしたら継がなきゃいけない稼業があるから、平行して仕事もしているんだ。覚えなければいけないことがたくさんあってね。僕としては、まだまだ遊びたい盛りなんだけど」

「うわっ…大変。仕事に大学なんて、英二さんみた……っ！」

なのになんで僕はわざわざ自分から、ドツボに嵌《は》まっていくんだろう。

逸らしていたはずの気持ちを、自分で引きずりだしてしまうんだろう。

「………菜月」

ウィルは、言葉につまった僕の顔を覗きこむと、心配そうな目を向けた。

「あ…ごめんね。なんでもないよ。ただ…すごいなって思っただけ。仕事を持ちながら大学で勉強するなんて。僕の知ってる人もそうだけど…ウィルもそうなんだ…って、思っただけ」

僕は、どうにかその場は笑ってごまかそうと思って、頑張った。

「とてもじゃないけど、僕には真似できないや」

作り笑い見え見えだろうけど、おとなってやっぱりすごいや…って、感心してみせて。それで話を別の方向に切り換えようと思った。

「ところでねぇ……ウィル？　ウィルの恋人は、寂しがらないの？」

「え？」

けど僕は、切り換えた話の方向さえも、誤っていた。

「だからね、そんなにやることがあったら忙しくって。普段デートしてる時間とか、取れるのかな…って。ウィルなら、当然モテるでしょう？　恋人だっているでしょう？　でも…その恋人って、仕事しないで構ってとか、勉強しないで構ってとか。ウィルに言ったりしないの？」

誤っていることに気づきながらも、大暴走していた。

「………………ウィルは、もし疲れているときにそういうふうに言われたとしたら、恋人相手でもうるさいって思う？　面倒くさいって感じる？　それとも、それでも可愛いって思う？」

「菜月」

ウィルは英二さんじゃないのに。

同じような年で、同じような立場を持っていたとしても。同じような考え方をしているとは、限らないのに。

「ごめん、せっかく聞いてくれたのに。残念ながら今の僕には恋人がいないし、これまでには失敗してきた例しかないから……僕の話は参考にならないよ」

「―――え？　恋人がいない？　失敗してきた例しかない？　参考にならない？」

ついつい悪い癖を発揮して、いらないことを聞いてしまった。

「そう。かなり寂しい気はするんだけど。選び方が悪かったのか、なんなのか。僕は今までに半年以上付き合った子が一人もいないんだ」

「ええ？　半年以内でみんな別れちゃうの!?　なんで？」

かなり失礼で、思いやりのない突っこみを入れてしまった。

「なんで……って。理由は深くは考えたことがないんだけど。気がつくといつも時間が取れなくて。相手が望むようには付き合えなくて。どうしてかしばらくすると、こじれるんだよ」

「相手の望むように付き合えなくて……こじれるの？」

ただそれでも、ウィルは苦笑しながらも、僕に話をしてくれた。

「残念なことにね。みんな最初は、僕の環境も立場も多忙さも、すべて承知の上で付き合うんだ。それでいいって言って。けど、気持ちの上でわかっているのと、実際に付き合ってみるのとではギャップがあるみたいで。時間が経つにつれて耐えられなくなるんだ。もっと自分を見てほしくて、自分に時間をさいてほしくて。僕を試すようなわがままを言ってきたり、気を引こうとして浮気を仄《ほの》めかしたり」

どうしてウィルの恋が、いつも長く続かなかったのか。

失敗なのかを、ありのままに話してくた。

「僕も最初のうちは、多忙な僕が一方的にいけないんだ…と思っていたから、努力はしたんだよ。相手が寂しがらないように。つらい思いをしないように。眠る時間をさいてスケジュールを調整して。けどね、そのうちに自分のほうが疲れてきてしまって、その努力が相手への愛情からしているんじゃなくって、単に無理をしているように思えてきたんだ。そうすると…僕もそれなりにはわがままだから、最初に僕は忙しいって前置きしたじゃないか！　ってことになって、こじれるんだよ」

「…………ウィル」

けれど、僕はそんなウィルの正直な言葉を聞いているうちに、ふと葉月が教えてくれた、直先輩のことを思い起こした。

『努力が疲れる……か』

相手が好きで、相手の好みや要望に極力合わせようとするのは、たしかに一つの愛情表現だ。

でも、それに疲れを感じるようになったら、その想いは続かない。

愛情から始めた努力が、いつの間にか無理や背伸びになっている。

多分、それは自分で気がついたときにはもう遅い段階で。

相手を「好きだ」という想いがあるうちは、途中で『自分は無理をしているかもしれない』とは気がつけないんだ。

というより、それに気づくときは〝別離の時〟だとわかっているから、あえて気が付きたくないっていう気持ちが、どこかで働くんだろうけど。

「それでも懲りずに、新しい恋人を作る僕も悪いんだけどね。僕も基本的にはまだまだ甘い人間だから。前がダメでも次の子は僕を理解してくれるかもしれない。今のままでもいいよ、これでいいよって言って、納得して付き合ってくれるかもしれないって、期待するんだ。でも、結局は自分でも呆れるぐらい同じパターンを繰り返してしまって。さすがに失敗も片手を超えると、その先を求める気力もなくなってしまって。もう二年ぐらいは、恋人って呼べる人を作ってないんだ」

「ウィル……」

恋って。

特別な気持ちで人と付き合うって。やっぱり簡単ことじゃない。

ウィルのように、なんでもできそうな大人の人でさえ、何度もうまくいかなかったなんて。

今のままでもいいよ、これでいいよって、言ってる人を求めるなんて。

『僕は…英二さんにそう言ってあげられるんだろうか？　今より遠くに離れたら、寂しくなる分、心細くなる分、英二さんに今よりもっともっとすごいわがまま言ってしまって、いずれはウィルと同じ思いをさせてしまうんじゃないだろうか？』

そうでなければ、英二さんがそう思う前に、僕のほうがくじけて、疲れてしまうんじゃないだろうか？

『………なんとなく、その可能性のほうが大《だい》な気がするよな』

なにせ今の段階で、英二さんと離れなきゃいけない現実から気を逸らそう、英二さんが側にいない寂しさを紛らわそうとして、意識して〝自分に都合のいい人間〟とばかり行動しているし、思考を常にどこかに逸らそうとしているんだから。

そのためには従兄弟だという肩書きだけで、ウィルに甘えて。

優しさに流されて。

構ってもらって、気を使ってもらって、嬉しいって感じてるんだから。

『これが本当に離れてしまったら、一体僕はどんな行動に出るんだろう？　何で一体、英二さんがいない事実を埋めようとするんだろう？　誰に何を求めて、紛らわそうとするんだろう？』

そう思うと、僕は自分自身が一番の不安材料に感じられた。

たとえ離れた英二さんのことは信じられても、僕が僕自身を信じられない。

一番危なっかしい。

そんな気がして、ならなかった。

「そっか。だから今は、恋人がいないんだ。っていうより、わざと作らないいんだ。まだまだ忙しすぎて、どうにもならなくて。今恋人を作っても、結局はまた相手も自分も、傷けることになるかもしれないから……」

ウィルの恋のお話。

それはウィルが「失敗ばかりで参考にはならないよ…」って言って、話してくれたことだけど。

これって全然〝他人事〟じゃない。

悪いほうに参考にしちゃいけないってことは、わかってるけど。

英二さんがウィルと同じ考え方でも性格でもないのも、わかっているけど。

『でもこのままいけば、僕がこんな調子のまま滅入り続けたら、やっぱり同じ道をたどりかねないのは火を見るよりも明らかだよな…』

ウィルの過去の恋人たちが、時間がないってわかっていながらウィルを求めて、縛りつけ。結果的には無理を強いて、疲れさせ。恋をしようという気力そのものを、なくさせてしまったように。

『僕は、側にいない不安と寂しさから。英二さんにわがまま言いたくなって、いろいろなことを求めたくなるんだろうな』

それこそ電話じゃ嫌だ。声だけじゃ嫌だ。

抱き締めてくれなきゃ。キスしてくれなきゃ。

何より英二さんのぬくもりがなきゃ、嫌だ!! って。

『でも、そんなこと言って英二さんの負担になるのはもっと嫌だから、きっと言えなくて。おまけに父さんに対しても見栄や意地もあるから、円満に交際してます…みたいな顔をして。結局八方塞がりのまま時間が過ぎて。僕は……耐えられなくなって、僕自身を壊したくなる』

きっと英二さんに泣き言を言う前に、自分で自分を追いつめて、自暴自棄に走ってしまう。

それこそ、最初に英二さんと勢いでエッチしてしまったときのように。

後先のことも考えずに、きっと何かをしでかしてしまう。

『絶対にそんなことはないって、言いきれない自分がやっぱり一番問題だ……』

だから僕は、ここで一つの決心をした。

「でもウィルのその考え方は、ある意味〝究極の選択〟だよね」

「え? 究極の選択?」

「うん。だって…無理になるってわかってて、人も自分も傷つける必要はないんだもん」

僕はウィルに同調しながらも、心の中で「これは逃避じゃない」「逃げるが勝ちだ」って、何度も繰り返した。

その言葉が、果たして今の僕の状態に合っている言葉なのかどうかは、自信がないけど。

でもそうやって今後の心の行き場を決めていくしか、僕には術がなかったから。

「恋人がいるのに寂しい思いをするんなら、いなくて寂しいほうが……まだ開き直れるじゃない」

「……菜月？」

僕はこの引っ越し話に対して、あれこれと悩んで、考えた。

まず、生活力がないって現実を突きつけられて、日本を離れなきゃならないこと納得し。そのためには、英二さんとは遠距離恋愛になるんだって、覚悟も決めようと頑張った。

でも、偶然のように英二さんは急な仕事で海外に行ってしまい、一週間という練習期間がめぐってきた。

毎日毎日、英二さんのことを恋しがる自分を自覚した。

毎日毎日、僕にラブコールを送ってくれる英二さんのまめまめしさも、実感できた。

けどだからこそ、これが一月《ひとつき》二月《ふたつき》…半年一年続くかと思うと、僕にはとても耐えられるものではないこともわかった。向こうで高校を卒業して、日本に戻る年数が過ぎる前に、きっと僕は粉々に壊れてるだろう予想（多分必ず当たるだろう）もついた。

英二さんにしたって、今より多忙になることが目に見えているのに。僕に気遣って、わがままに付き合って。努力に努力を重ねるうちに、いつか愛情が疲れになって、無理がたたって嫌になってしまうかもしれない。

僕を、心底から嫌いになってしまうかもしれない。

それは、あまりにつらすぎるから――――。

「ねぇウィル…お願いがあるんだけど、聞いてくれる？」

だから僕は、英二さんとはこの夏で〝さよなら〟しようって心に決めた。

「なんだい？　改まって」

「イギリスに行ったらさ、ぜひとも僕に伝授してよ。恋人を作らなくても苦にならない方法が、あるならさ」

「――――菜月！」

所詮こんな奴だったのか…と思われるかもしれないけれど。

どう転んでもつかずにはいられないだろう心の傷が、少しでも深くならないように。

5

翌日の昼に帰国してきた英二さんは、成田空港に着いた早々に電話をくれた。

いくら旅なれているっていっても、疲れているだろうに。

英二さんは、その日のうちにお土産《みやげ》を持って行くから、今日は出かけずに家でじっと待ってろよて、言ってくれた。

でも、僕はそんな英二さんに向かって、「お土産はいらないから、こないで」って断った。

胸が締めつけられて、つぶれるかと思った。

けど、声を振り絞るようにして、「今度改めて会って話がしたいことはあるから」って。「今日じゃなくてもいいから、時間ができたら教えて。僕から会いに行くから」って。

労《いたわ》りの言葉一つかけずに、電話を切ってしまった。

『…………ごめんなさいっ』

別れることを決めたとはいえ。英二さんの善意を、好意を、自分から無下《むげ》に断るなんて。

袖《そで》にして「こないで」って、言うなんて。

僕はそれだけで寿命を縮めてるんじゃないだろうか？　って思うぐらい、胸が苦しくて苦しくて仕方がなかった。

だけど、英二さんがそんな僕の態度を変に思わない筈《はず》がなく、

「菜月！　菜月はいるか！」

英二さんは、成田空港から直接タクシーを飛ばしてきたらしく、電話を切ってから三時間も経たないうちに、僕の家へとやってきた。

『――――!!』

英二さんの声が表から響いた瞬間、僕は背筋が凍るかと思った。

「……はっ……はいっ！」

僕は、僕の態度に怒った英二さんが、一体どんな形相で乗りこんできたのかと思うと。このまま息の根を止められるかもしれない…って覚悟で、玄関の扉を開きに行った。

『よかった、誰もいないときで。皆買い物に出ちゃってて。やっぱり修羅場は見られたくないし、聞かれたくもないもんね』

ただこの勢いなら、英二さんの怒りに乗じて、別れ話が成立するのはたしかだろうな…という気はした。

こないでって言ったのに、なんでくるの？　とかなんとか文句言って。

こっちは迷惑なのに…って態度を取れば、英二さんのことだからブッチンって切れて。

二～三発ぐらいは殴られるだろうけど、お前なんかもう知らねぇぐらいは言ってキレて、怒って、

帰っちゃうだろうな…って。

なのに、扉を開けた僕の前に現れた英二さんは、

「なんだ。なんでもねぇじゃねぇかよ」

どうしてかホッと溜め息を漏らすと、「よかったよかった」と言いながら、肩を落として笑みを浮かべた。

『……なんで、何がよかったの？』

覚悟していた僕が拍子抜けするぐらい、怒っている様子なんかどこにもなかった。

「ったくよ。お前が変な電話の対応するから、てっきり強盗でも入ってるのかと思ったぞ」

『英二さん』

それどころか英二さんは、僕の電話の内容がおかしかったから、家で何かあったんじゃないかと疑って。僕のことを心配して。わざわざここまできてくれたんだ。

『……英二さんっ』

僕は感動のあまり、喉まで込み上げてきた「ごめんなさい」の言葉を、押しとどめるのが大変だった。

代わりの言葉を用意しなければならないことが、つらくて苦しくて、堪らなかった。

「で、なんでもないなら、なんだったんだ。あの変な失礼な電話はよ。まさか葉月が特訓して、究極の騙し技だったなんて言わねぇよな？」

英二さんはさっきの言葉が、とことん僕のものじゃない、本心からじゃないって、信じてくれてるのに。

「べっ…別に。そんなわけないじゃん。あれは僕だよ。きてほしくないから、会いたくないから、こないでって、言っただけだよ」

「あ？」

その絶対的な信頼を、自分から壊して裏切って。嫌われなきゃならないなんて。

「だから、何度も言わせないで。英二さんに会いたくなかったの。家にきてほしくなかったの。だから、別の日に改めて話をしにいくからって言ったでしょう？」

英二さんの穏やかな表情を、あえて激怒に変えなきゃならないなんて。

「菜月？　お前、今度は何チンプなことを企んでるんだ？」

それでも英二さんは、僕の言葉を疑い続けた。

本心じゃないって、僕の心の奥底を、信じ続けてくれた。

「そういう言い方しないでよ。別に、何も企んでなんかいないよ。ただ…」

ごめんなさい。

「ただ、なんだよ」

ごめんなさい。

「ただ…もう、英二さんとは会わないって言ってるだけ！　別れるって言いたいだけ！　要件はそれだけだから、もう…ここで話も終わりにするから！　二度と会わないから！」

ごめんなさい、英二さん!!

「――――――――!?」

だけど、英二さんは、僕がここまではっきりとまくし立てても、ギュッと唇をかみ締めても。

キョトンとしたまま、やっぱり「なんの冗談かましてんだ？」って顔つきで、僕の言葉をうのみにしようとはしなかった。

「ただいま菜月」

「――――――――!!」

でも、さすがにウィルが帰ってきて。

「シャーベットを買ったから、僕だけ先に帰ってきたんだけど。表にタクシーが止まってるのは、お客様なの？」

親しげに僕に声をかけるウィルを見ると、英二さんの顔つきは一変した。

「あ。やっぱりお客様だったんだ」

「………ウィル」

今まで、僕が何を言っても首を傾げるだけだった英二さんが、ウィルに対しては完全に威嚇態勢に入り、怪訝そうな顔を前面に出した。

それこそ口には出さないけどれど、「なんでよりによって、あのときのキラキラ野郎が、ここに現

れるんだよ！」って、目線で訴えている。

けど、ウィルは何食わぬ顔をして（というより、知らぬぞんぜぬを決めこんで）僕の横に立つと、社交辞令全開のキラキラ笑顔を浮かべ、英二さんに軽く頭を下げた。

「どうも。菜月の従兄弟で、ウィリアム・アルフレッド・ローレンスです。いつも菜月がお世話になりまして」

「いえ、どういたしまして。早乙女英二です。今後ともよろしく」

英二さんは、ムッとしながらも下げられた頭には下げ返さなきゃと思ったのか、ウィルに向かって、軽く会釈をして見せた。

ウィルは、そんな英二さんから視線を逸らすと、何気なく僕の腰に空いた手を回してきた。

「それにしたって菜月、こんなところで立ち話なんかしていたら、午後の強い日差しにやられてしまうよ。中に入って話せばいいのに。買ってきたこれもあるし」

そして差し障《さわ》りのない会話をしながら、僕の耳元に唇を寄せてくると。挨拶代わりのキスに見せかけ、僕にポツリと呟いた。

「困ったときには、僕を使ってもいいから」

英二さんには聞こえないように、僕に別れ話をスムーズにするための、一つの口実をくれた。

「僕は彼に何を思われても、大丈夫な人間だから」

『ウィル………』

昨夜僕がした決心を、きっとウィルはウィルなりに理解してくれたんだ。

だから、僕が用意した理由だけではどうにもならなくなったら、自分がフォローしてあげるよって。いつでも英二さんの敵役《かたき》に回ってあげるよって。

憎まれる、恨まれる、嫌な役割になるのがわかっていながらも。ウィルは英二さんの知り合いでもなければ、親しい友人でもないから。恋人とこじれる理由になったとしても、のちのち負担にも問題にもなることはないからね…って。

「さ、」

ウィルはそんな含みのある言葉を僕に伝えると、玄関の扉を開けてもう一度英二さんにニッコリとする。

「いや、結構。二人で話したいことがあるんで。表に行きますから」

けれど、さすがにこのニッコリには、英二さんもニッコリでは返さなかった。

ウィルに対して、怒鳴るように断りを入れると、

「こい、菜月！」

「えっ…英二さん！」

僕の腕を取り家の前へとひっぱりだすと、多分乗ってきて止めっ放しにしてあったんだろうタクシーへと僕を押しこみ、自分も乗りこんで扉を閉めさせた。

「このまま南青山まで行ってくれ」

僕は、このまま英二さんのマンションまで連れて行かれる！　って思うと、慌てて自分側の扉を開き、車から降りようとした。

「降ろすか！　じっとしてろ！」

でも、背後からがっちりと肩を掴まれ、引き戻されて。

「なっ！　やだよ！　冗談じゃないよ！　話はさっき終わったじゃん！」

背後からとはいえ、僕は一週間振りに英二さんに抱き締められたっていうのに、その腕を振りほどいて、突き放さなければならなかった。

「放してよ！　降ろしてってば！」

「うるせえ！　いいから黙って静かにしてろ！」

「黙らないよっ！　静かにしないよっ！　降ろしてってばっっっ!!　運転手さん！　後生だから車を出さないでぇっっっ！」

ジタバタと暴れて、運転手さんにまで救いを求めなければならなかった。

「いいから早く出せ運転手っ！　別にこれは誘拐でも犯罪でもねぇから！　単なる痴情《ちじょう》のもつれだから！　ここでこいつを降ろしてみろ、俺は一生お前を逆恨みするぞ！　お前のストーカーになってやるぞ！　ほらっ、チップも弾むから今すぐ走れ！」

ただし、ガンとして言いきった英二さんのセリフと、胸元から出して突きつけたチップ（福沢諭吉《ふくざわゆきち》）に、僕の訴えなんか、勝てるはずもなく。

「みっ…南青山ですね。わかりました！」

運転手さんはあっさりと僕を見捨て、アクセル全開でその場から車を走らせた。

『つたくもう！　これが誘拐だったら立派に共犯だよっ、運転手さん！』

僕は、さすがに走り出してしまった車から、飛び下りるだけの根性はなく。目的地に着くまでは、おとなしくしているしかなかった。

ただ――――。

「わかったから。おとなしくするから。もう放してよ」

本当はずっと抱き締めていてもらいたいのに。

英二さんの腕の中にいたいのに。

その束縛を自ら外さなければならないことが、僕には一番つらかった。

「ふん！　そんなこと言って、お前はそもそも油断がならねぇガキだからな。ラブホの次はタクシーで置いてきぼりなんて、みっともねぇオチはまっぴらだからな」

僕のこんな、突然でわけのわからない態度に逆上している筈なのに、それでも手だけはしっかりと握り締めている英二さんのぬくもりが、嬉しすぎて、つらかった――――。

『英二さん……』

タクシーは一路南青山に向かうと、閑静な住宅街の一角に止まって、僕らを降ろした。

英二さんは成田空港から乗ってきた、膨大《ぼうだい》なタクシー代の精算をカードですますと、かなりの荷物をトランクから出し、両手がふさがっているもんだから、僕に何度も「逃げるなよ」って目で脅かしてきた。

僕は、英二さんに連れられて何度かきたことのある、茶系のタイルが貼りめぐらされたお洒落なマンションを見上げると、

『大丈夫だよ。逃げないよ。これが最後の修羅場って、タクシーの中で覚悟を決めたから』

奥歯を噛み締めながら、中へと入った。

セキュリティシステムも万全な、都心の一等地に建つ高級マンション。そのペントハウスの一つが、広々とした2LDKが、自力でローン返済中……という英二さん名義の立派なお城。

「ほら、入れ」

「…………」

僕は、ここにくるのも、もう最後だな…なんて思いながら、英二さんのあとを歩いて、部屋へと上がった。

英二さんは綺麗に片づけられたリビングの隅に、手にしていた荷物を全部まとめて置くと、ゆっくりと僕のほうへと振り返った。

そして、ようやく空になった両手を僕のほうへと差し向けると、僕の体を抱きすくめようとした。

「――――話をしにきたんだよ」

僕は、両手で英二さんの腕を拒むと、視線を合わせられなくて、プイと顔を背けた。

英二さんはそんな僕に再度手を伸ばすと、顎をガシッと掴み、無理やり自分のほうへと引き寄せた。「いい加減にしろよ菜月。何がどうして、そういう態度を俺にとるんだ？　理由はなんだ？　原因はなんだ？　あ？」

英二さんは、僕にイライラしているのを、怒っているのを、それでも必死に押さえているみたいだった。

感情的にならないように。

極力優しくことを運んで、僕からこの状況に対して、納得のいく説明をさせようとしていた。

「わけは…さっきも言ったじゃん。もう会いたくないの。英二さんとは付き合いたくない。お別れしたいの」

「ほー。だから同じことを聞かすなよ！　その会いたくないだの、別れたいだのってふざけたことを、言い出した根拠はどこにあるんだって聞いてんだろうが！」

けど、それもいつまで持つかわからないっていうのは、激しくなる口調よりも手に現れていた。

「根拠なんて聞かないでよ！　会いたくなくなったの。嫌いになったの。一緒にいたくなくなったの。それだけだよ！」

僕の顎を掴む英二さんの手に、力の加減がなくなってくる。

「会いたくないも、一緒にいたくないもねぇだろう！　俺は今日帰ってきたんだぞ！　いなかったんだぞ！　お前にそんなことを思われる、言われるようなことをいつしたって言うんだ！」

怒り任せに掴んできて、僕はその痛みから逃れたくて、両手で英二さんの手を掴んだ。

「いつもも、何も…関係ないじゃん！　特に何をしたとか、何をされたとかそういう理由じゃないの！　もう…もう、英二さんには飽きちゃったの！」

掴んで、振り払って、むちゃくちゃな言葉を吐きだした。

「────なんだと!?　飽きただ!?」

そして恐らく、これは英二さんに言ったら絶対に怒る！　ぶちキレる！　って想像のできる、わかりきっている言葉の限りを頭の中で探し出して、僕は次々と吐きだした。

「そう、飽きたの。もともと僕は父さんみたいな人が好きなの。憧れなの。だから最初も直先輩と付き合ったの。でも…、父さんに比べたら直先輩も物足りないなって感じてたところに、英二さんが現れたから。全くタイプの違う英二さんに、気持ちが転がっていっただけなの！」

「…………………？」

「けど。英二さんが留守の間に、ウィルが…、さっきの従兄弟が遊びにきて。間近ですっごく紳士なところを見せられたら、やっぱり僕は優しくてキラキラしてて、父さんみたいな王子様がいいんだ。好きなんだ。性に合ってるんだ…って、改めて思ったの。だから…だから、もうガサツで粗野でケダモノな英二さんとは別れるの！　別れて…ウィルの恋人になるの！」

「プッ」

でも、どうしてか英二さんは、僕の暴言に突然吹き出すと、お腹を抱えて笑いだした。

「ふふっ…ふはっはっはっは！」

「なっ…なんだよ！　なんでそこで笑うんだよ！」

僕がムキになればなるほどゲラゲラ笑って、ウケまくって。近くの壁までたたいて見せた。

「そっちが頼むから、人が真剣に理由を説明してるのに！」

僕は、英二さんの行動のほうがよっぽど理解不能で、なんだか腹が立ってきた。

「だったらもう少し、マシな説明をしろってんだよ！　何が今更〝僕には優しくてキラキラな王子様が性に合ってるんだ〟だ、バーカ！　言ってろ！」

そして英二さんは、笑ったまま呆れ返ったような顔を僕に向けると。壁から離れて二〜三歩で僕に立ちはだかり、いきなり両手を伸ばして僕の襟を掴んだかと思うと、力任せに左右に引き裂いた。

「――――なっ！」

僕はTシャツを引き裂かれたものの、あまりに英二さんの行動が唐突すぎて、一瞬何をどう思っていいのか、これに何を言い返していいのかもわからなくなった。

けど、唖然としている僕を見下げて、英二さんは口許だけでニヤリと笑った。

「乳首、感じておっ勃起《たっ》てんぞ。少しは己《おのれ》を知れよ、菜月。お前の性に合ってるっていうのはな、こういうことだろうが？」

「――――えっ…英二さん！」

僕は、驚きと羞恥と性感を一度にかき立てられ、裂かれた胸元を、慌てて両手でおおい隠した。

でも、英二さんはそんな僕に両腕を伸ばすと、僕の体を一瞬で右の肩に担ぎ、その場から連れさらうように寝室へと移動した。

「いやっ！　なっ！　何するの英二さん！」

八畳程度の寝室には、備えつけのクローゼットにベッドとパソコン専用ディスク、それに僕には難しすぎてわからないような法律関係の本や、ファッション関係の資料で埋め尽くされた大きな本棚と勉強用の机があった。

「だから、今更ブルなって！　気持ちはいつまでたっても夢みたいのはわかっけどよ、お前の体はもう夢物語じゃイケねんだぞ！」

英二さんは、乱暴なセリフを発しながら、僕の体をセミダブルのベッドへと放り投げた。

僕は困惑しながらも、四つん這《ば》いのままベッドから逃げようとした。

けど、英二さんはすぐに馬乗りになって襲いかかってくると、僕の胸元を裂いたTシャツを、背中からひっぱって脱がせてしまった。

「いやっ！　やめてよっ！　やめてっ英二さんっ！　いやっっっ!!」

裂けて一枚の布きれにのようになってしまったTシャツを手にすると、英二さんは僕の両腕を後ろ手に押さえ、手首と手首を重ね持つと、二本を一纏《ひとまと》めにするように縛り上げた。

「放してっ！　解いてっ!!」

僕は驚愕の声を上げながら、必死に自由を奪われた腕に力を入れた。

けれど、思いの他《ほか》結び目が堅く、手首に食いこんでくることはあっても、外れる兆《きざ》しはまるでなかった。

それどころか、上体を反らしたり体をよじったりすると、肩や背中に負担がかかって痛みが生まれ、ますます動きを封じこめられることになる。

「どうよ菜月。お姫様抱っこされて王子様とロマンチックなメイクラブするより、こうやって多少緊張感のある真似されるほうが、ビンビンに感じるだろうが」

英二さんは僕の両手の自由を奪った上で、体をひっくり返してあお向けにすると、自分は僕の太股の部分にドッカリと跨《また》がり、両足の自由まで奪ってきた。

「だっ…だれが！　うっ!!」

僕に許されたのは口での抵抗のみ。

けれど、それも股間をガッチリと掴まれたら、吐きだす言葉も浮かばない。

「誰がって、お前がだよ。他にいねぇだろうが。ほら、自分でもわかんだろう？　こんなに怪しい状態に追いこまれてるっていうのに、菜月のココは大はしゃぎじゃねぇかよ」

英二さんはそう言うと、僕が履いているソフトジーンズの上からわざとらしく股間を撫で回し、もみほぐすように僕の芯を熱くしていった。

「さっ…！　触らないでよっ！」

「んじゃ、しゃぶってやろうか？　お前が一週間前に、電話でアンアン言いながら俺にねだってたみたいに」

そうじゃなくても、なすがままに感じてしまうのに。そんなことをされたら別れ話どころじゃなくなってしまう。

そりゃ英二さんにしてみれば、それが目的でこんな意地悪をしているんだろう。

「この窮屈そうなズボンの中から、菜月の可愛いチンチンひっぱりだして。俺様がこの口で、ありがたくもしゃぶって、嘗めて、吸い上げて。絶頂の世界にいってらっしゃ〜いって、してやろうか、ん？」

僕の芯を煽り続けることで、僕を肉体的に追いつめることで、いまだにきちんと説明されているとは思えない、僕が見せている態度の意味を、知りたがっているんだろう。

「されたくないよそんなこと！　いいからもう退《ど》いてよ！　僕の腕を解いてよっ！　話は終わったんだから、僕を家に帰してよ！」

「おいおい、これ以上の冗談はマジに抜きにしようぜ、菜月。お前、本当に俺の留守に何があったんだ？」

だから、こんなにむちゃくちゃなことをしていても、僕を見る英二さんの瞳は、まだまだ冷静の色を保っていた。

僕が英二さんを好きなんだってことを、心底から信じきっていた。

「何って、さっき言ったとおりだよ。英二さんに飽きたの！」

「あの日ばっくれて帰ったことを根に持って、キラキラ親父が、あんな無礼な男とは別れなきゃ勘当だとか言ったのか？」

だから英二さんは、僕が英二さんから〝あえて離れようとする意味〟を探し続けた。

「僕の心が王子様系に復活したの！」

「それともボサッと夜道でも歩いてて、痴漢にでもあって恥ずかしい真似されたのか？　俺に面目がたたないようなことでもされたのか？」

離れなければならない。嫌われなければならない。僕がそんなことを思いこむような理由を、英二さんなりに求めて続けて。

「ウィルも僕のこと気に入ってくれてるし、あとは英二さんと別れるだけなの！」

「まさかお前！　痴女に逆強姦された揚げ句に、子供ができたわ責任取って！　とか、ゆすられてんじゃねぇだろうな！　どんなに早くっても、一週間じゃ妊娠は判明しねぇぞ！　騙されるなよ」

ただしその意味の探し方が、『やっぱり英二さんだよ…』って、実感しちゃうような、過激な発想だったけど。

『やけに力強く言うけど、そんなあくどい女に騙されたことがあるわけ？』

なんて、突っこんでる場合じゃないけど。

そにかく僕は、そんな英二さんが、ますます好きになってしまった。

計りきれないほど、大・大・大好き！　に、なってしまった。

「もう、いい加減にしてよ！　そんなわけないでしょ！　理由は言ったとおりなの！　僕が英二さんのいない間に、ウィルに転んじゃったの！　だから別れたいの！　それだけなの！」

だからこそ、絶対にここで別れなかったら、このあとがつらすぎる！　って、決意に拍車がかかるほど。僕は英二さんに惚れ直してしまっていた。

「お前、まさかマジにあの紳士面したキラキラ従兄弟に、犯されたのか？」

「なっ！　ウィルはそんな人じゃないよ！　どうしてそういうエッチな発想にしかならないの！」

「そりゃお前の全部が俺のところにあるからだよ。それしか考えられねぇからだよ！」

「────なっ!!」

たとえどれほどこの場では、英二さんを怒らせることになろうとも。

「いいか菜月。お前はもう俺のもんなんだよ。身も心も五感のすべても。たとえ側にいなくたって、俺だけを求めて生きてるのが、俺には伝わってくんだよ。わかんだよ」

『……………英二さん』

「だから、そんなお前が俺じゃねぇ誰かに、何かを奪われるとしたら、それは心じゃねぇ。一番無力な肉体だろう。力で負けた。抵抗しきれなかった。自分の意思に関係なく、無理やり犯されて奪われて。俺に対してうしろめたいとか、許してもらえないとか、勝手にいじけて意固地になるのは、そういうパターンだろうが」

英二さんに、軽蔑されることになろうとも。

「だから正直に言ってみろって。俺はそんなことでお前を放したりしねぇよ。別れようなんて思いやしねぇ。いつどこで誰に何をされて、こんなわけのわかんねぇことを言いだしたんだ。ん？」

英二さんを、裏切ることになろうとも。

「自惚《うぬぼ》れないでよ」

「あん？　なんだと？」

「だから自惚れないで。誰もそんなことされないよ。大体僕の心が、いつでも英二さんだけを追ってるなんて、勝手に思わないで。僕の全部が英二さんのものだなんて、堂々と言いきらないでよ」

「――――!!」

英二さんを、傷つけることになろうとも。

いずれ僕の弱さが、英二さんに今よりもっと深い傷をつけてしまうから。

偽りからではなく、本心から傷をつけてしまうから。

それは一番したくないから。それだけはしたくないから。

その前に〝さよなら〟しなければならなかった。

「忘れちゃってるんじゃないの、英二さん？　僕のすべては、ちょっと前まで直先輩のところにあったんだよ。それがたった三日間でスコーンって英二さんのところに転がったんだよ。どうしてその僕のすべてが、ここから更に別のところにいくって、納得できないの？　一週間も僕を野放しにしたのに…どこにも行かないわけがないじゃんよ！」

僕の過去の実例をひっぱりだした言い訳には、さすがに英二さんの顔色も変わった。

それでも怒っているというよりは、まだ戸惑っている…って、感じだったけど。これが激怒になるのは、時間の問題だろう。

「ほ〜。一週間も野放しね。それであいつに転がったのか？　あの唐突に出てきた従兄弟とかって奴に。お前の親父のコピーみたいな、キラキラ・アングロサクソンに」

「悪いの？」

「悪いに決まってんだろ、やめておけ！　大体大陸の狩猟民族の末裔《まつえい》ってえのはな、デカさはあってもフニャフニャのチンポしか持ってねぇんだぞ。お前のママみたいに女性器でそれを受け止めるんならまだイイ気持ちにもなれるだろうけどな。お前みたいにやたらに狭くって、きつくって、ギューギューに締まるケツの中には、鉄の堅さを備えた農耕民族の末裔チンポしか、奥の奥まで入っていけねぇんだよ！」

ただ、戸惑った揚げ句に激怒するのを避けたのか？　はたまたそれさえ通り越して、キレてしまったのか？　英二さんは、突然〝ピーっ〟な話に大暴走してしまった。

「知ってるか？　なんで奴等のチンポは柔くて、俺らのチンポが堅いのか！　これは人種別の問題だけじゃねぇんだぞ！　歴史と文化に反映された、驚異的な遺伝子の力が織《お》り成《な》す、スペクタルロマンスってえのがあるんだぞ！」

こんなにシリアスな別れ話をしているときだっていうのに、僕に向かって人種の持つナニの違いを赤裸々にかつ民族学的に、堂々と語って聞かせてきた。

「――――へ？」

「へ、じゃねぇんだよ！　へ、じゃ！　わかってねぇだろう、お前は。あいつらのセックス・スタイルっていうのはな、根本が違うんだぞ根本が。一見キラキラでフェミニストでサービス満点に見えたってな、主流はオーラル・セックスなんだぞ。男女平等なんだぞ。シックス・ナインは当たり前。挿入前の一時間おフェラもザラだぞ、ザラ！　それがいまだに俺に甘やかされて、マグロ・セックスしかできねぇお前に、体がついていけるわけがないだろう！　セックスの歴史っていうのはな、人類存続の歴史でもあんだよ！　やり方にだって〝お土地柄〟っていうのがあるんだよ！　それをチンプな夢見て奴に足開こうなんて。冗談で口にしてもただじゃおかねぇからな！」

そして英二さんは、一体それは濃いんだか、薄いんだか、エロいだけなんだか、全然理解のできない話で僕を呆然とさせると、

「わかったか！　わかったら、拗ねてバカなこと言ってねぇで、英二さんお帰りなさい♡　ずっと待ってたんだよ、寂しかったよ、今夜は一週間分のエッチしよう～♡　って素直に言いやがれ！」

僕のソフトジーンズのボタンやジッパーに手をかけて、何食わぬ顔をして僕から下着やジーンズをポイッと剥いだ。

「ほら、もうピンピンじゃねぇか♡　今にもシロップ吹き出しそうだぜ」

「なっ！　だからっっっ!!　勝手に話にオチを付けないでよ！　誰が英二さんとエッチするって言ったんだよ！　僕は別れるって言ってるんだよ！　別れるって！」

僕は両足をしっかりと閉じ、不自由ながらも体をよじり、アソコを隠しながらも文句を言いまくって、どうにかしてこの状況から逃れようとした。

「そんなもん、一発やれば気が変わる。置いてきぼりがそんなに嫌だったんなら、次に行くときは連れて行ってやるからよ♡　パスポートぐらい持ってるんだろう？」

でも、英二さんはそんな僕の両足首をそれぞれ掴むと、力任せに引き寄せなかせら、僕の芯をさらけ出した。

気持ちとは裏腹にすっかり元気になってしまっている僕のものは、ピンと勃起て英二さんの愛撫を待っている。

英二さんは僕の両足から両手を放すと、右手で芯を握りこみ、左手で蔭嚢を包みこみ、おまけに股間に顔まで近づけてきて、

「フルコースでして♡　って言えよ」

僕に「ごめんなさい」の代わりの言葉を求めてきた。

「ちっ違うでしょう！　放してよ！　そういうことは言ってないの！　大体それも嫌なんだよっ！英二さんってば、いつもガサツでいやらしくってエロエロしてて！　エッチすれば僕が言うこと聞くと思って、情緒も何もないんだからっ！」

僕はこの体勢で、どこまで頑張れるんだろうって思わされたけど、それでも別れると言い続けた。

「ほ〜。だったらガサツじゃなくって、いやらしくなくって、エロエロじゃねぇセックスっていうのはどういうもんなんだよ！　俺しか知らねぇマグロのお前が、うだうだと文句ばっか言ってんじゃねぇ！」

「だっ…だから！　英二さんじゃない人がどんなにいいのか、知りたいから別れるんだよ！」

言い続ければ、英二さんだってそのうち飽きれて「もういい」って気持ちになる。

「なんだとこのガキ！　テメェいつから他の男のセックスに興味なんか持ちやがった！　よその男に色目使いやがったらただじゃおかねぇって言っただろう！」

「だったらそっちも、別れるっていえばいいでしょ！　お前みたいな浮気者はもういらないって、こっちから願い下げだって言ってよ！」

こんな奴を相手にしてても、疲れるだけだって。

面倒くさいだけだって。

遠い未来に思うはずのことを、今この場で思ってくれるに違いない。

「そうはいかねぇよ！　誰が言うか！　こうなったら調教してやる調教！　二度と俺にそんなバカな口が利けねぇように、俺からは離れられないって体に覚え直させてやる！　覚悟しろっ！」

『ひっ!?　調教!?』

別れてくれるに違いない…とは、思うんだけど。

僕はまだまだ早乙女英二という人を、簡単に、単純に、見ていたところがあったらしい。

『……調教って……なんの調教!?』

英二さんはいったん僕から離れると、何を思ったかクローゼットの扉を開き、中から数本のネクタイを掴み出した。

艶《つや》やかな光沢《こうたく》のシルクのネクタイは、白あり、黒あり、赤ありで、ついでにヒョウ柄もあったりした。

『なっ…なっ…何する気なの英二さん?』

英二さんは、その四本のネクタイを握ったままベッドに戻ってくると、僕の右足をまず掴み。足首に赤いネクタイを巻きつけて縛り上げると、その先を足下の右側にあるベッドの飾りポールに結びつけた。

「いっ…いやーっっっ!　何すんだよっっ!」

「何するんだって、されてることを見ればわかるだろう。さすがに荒縄を常備しておく趣味はねぇからな。これで代用だ、代用」

ジタバタと足掻《あが》く僕の体を押さえつけ、次は黒いネクタイで左足を左側のポールへと結びつけた。

その段階で、僕の両足はベッドの両端に繋がれて全開にされ、両腕は後ろで縛られているというとんでもない姿にされていた。

英二さんは、一度ベッドから降りて脇に立ち、フフンって悪魔みたいな笑みを浮かべると、

「絶景だな菜月。記念写真取ってやろうか？　それともビデオがいいか？　あん？」

とことん僕を恥辱し、心身の両方から追いつめ、攻め落とそうとした。

「いっやーっ変態っっっ!!　信じられないっ！　放して、放して、放してってばーっっっ!!」

はっきり言って、泣こうが喚《わめ》こうが、僕はそうとう凄いカッコをさせられていた。

そうじゃなくてもスッポンポンなのに。

そうじゃなくても半分ぐらいは、まだ勃起《たっ》たままなのに。

僕は何一つ隠しようもない姿で、英二さんの前に恥部という恥部を晒されていた。

「放してほしかったら、言うんだな。至らぬことを言いました。僕が悪うございました。別れるなんて申しません。一生着いていきますから、お側に置いて英二様♡　ってな」

「――――――っ！」

僕は、体中から火が出るかと思うほど、恥ずかしくって熱くって。

いっそこのまま憤死してしまいたかった。

でも、こんな思いまでしているのに、ここで折れたら意味がない！　絶対に服従なんかするもんか！　と覚悟も改め、英二さんからプイっと顔を逸らして「い・や・だ！」と言い返した。

「ほー。相変わらず変なところは強情だな。だったらやっぱ調教だな。容赦しねぇぞ、菜月っ！」

英二さんは僕に、本気でムッとした顔を見せると、残りの二本のネクタイを手に、再びベッドへと上がってきた。

「取りあえずその減らず口を、一度塞ぐぞ！」

白いネクタイを持って構えると、英二さんはそれを猿轡《さるぐつわ》の代わりにして、僕の口を塞いできた。

「んーっっっ！　んっっんっっんーっっっっっ!!」

唯一の抵抗も奪われた僕は、ひたすら体を揺すりながら、モガモガとする。

「んでもって、腕は縛ってあるのに一本残っちまったよな～♡　しまうのも面倒だから、真ん中の可愛い子ちゃんにつけといてやるからな」

けれど英二さんは、「今までしなかっただけで、本当はこういうことしたかったんでしょう！」っていうぐらい、ニコニコとしながら残りのヒョウ柄のネクタイを、僕の芯へと巻きつけた。

わざわざリボン結びにして、仕上げてくれた。

『変態っっっ!!　もう絶対に別れるっっ！　何がなんでも別れてやるっっっ!!』

僕はほんの一瞬だけ、イギリス行きが決まったのは、神様のお導きかもしれない。

実は今後の僕の幸せのためだったのかもしれない……と脳裏に過った。

「さーってと、次はと…」

僕は英二さんの姿を目で追いながら、こんな姿にさせられて、これ以上にまだ次があるのか！

冗談もほどほどにしろっっ！　と訴え続けていた。

でも英二さんは、そんな僕の視線は丸無視で、何を思ったか突然パソコンの前へと腰かけると、

「やっぱ正しい知識を納めてからだな。資料、資料と」

わざしらしく言い放った。

なんの知識だよ。

「あったあった。ソフトSM入門。正しい性奴隷の作り方、初級編と♡」

なんでそんなもんをネットでわざわざ探して、データー取り寄せて、しっかり印字出力までしてるんだよーっっっ!!

『じっくり読むなーっっっ!! 英二さんのバカっっっ!!』

僕は、今すぐにでも引っ越し荷物を持って、日本を離れてイギリスに旅立ちたくなった。

英二さんは、資料だかなんだか知らないけれど、僕にとってはこの上なく不気味なものを、しばらく黙って読み耽《ふけ》っていた。

そして数分が経ち、すっかり読み終えると、

「ちぇっ、やっぱ簡単にやってみようなんて思っても、その趣味がなきゃ道具なんか揃わねぇよな。そもそも日常生活に、荒縄も鞭《むち》も注射器も、必要ねぇもんな〜」

当たり前だよそんなこと! って言いたくなるようなことを口走りながら、部屋の中に代用できそうなものを探して、ウロウロウロウロとしていた。

で、さんざんウロウロとしてベッドへと戻ってくると、手には銀の燭台《しょくだい》に飾るのがお似合いでしょう♡ っていうような、直径二センチ、長さが二十センチぐらいありそうな、全体にゆるいツイ

ストのかかった、綺麗な赤いロウソクを持ってきた。

「なぁ菜月、家中探したんだけどよ、発見できたのが去年のクリスマスに使いそびれたロウソクだけだったんだよな。今日はこれで我慢しろよ♡」

『冗談じゃないよっっっ！　燃えちゃうじゃんよっっっ!!　熱いのいやーっっっ!!』

僕は、それに火なんか点けられてたまるもんか！　ロウなんかたらされてたまるもんか！　と全身で訴えてバタバタしまくった。

けど、英二さんはそんな僕に向かってたった一言。

「嫌なら謝れ。一生ついて行かせて下さい旦那様と言え！」

「んっんーっっっっ!!」

僕は「そんな脅しにのるもんかっ！」って態度で、再び「イヤ」と叫んで顔を背けた。

「…………ちぇっ。これでも駄目か」

英二さんは、どこまでも折れない僕に舌打ちを漏らすと、ベッド脇のサイドテーブルに、手にしていたロウソクとライターを揃えて置いた。

「しょうがねぇな、んとに。そんじゃあ、更に究極の一品。これでどうよ！」

けれど英二さんの手には、なぜか置いた物の代わりに、プラスチックの容器が持たれていた。

いつかどこかで見たようなその容器には、ラブラブ・エクセレントジェル♡　と書いてあり、催婬効果ありとも記されているそれは、僕にとっては〝悪魔の潤滑剤〞だった。

『なんで？　なんでそんなもんが、ここにあるんだよっっっ！』

「ん？　なんでラブホの自販機にあったコレが、今ここにってか？　それはだな、お前が最初のときにそうとう気に入ってたみたいだから、ネットでたまたま同じものを見つけたときに、取り寄せしといてやったんだよ。嬉しいだろう♡　俺って親切だからな〜♡」

英二さんは、絶対にいつかこういうことをするチャンスを狙ってたんだ！

僕がなんかドジをやらかして、お仕置されるようなことをしでかすのを、ずっとずっと待ってたんだ！

じゃなきゃ何もないって言いながら、こんなに手頃な材料が揃っているはずがないっっ！

「放っておいた一週間分、たっぷりと可愛がってやるからよ」

英二さんはジェルの容器を持つと、ベッドに腰かけながらそれを自分の手のひらに取り出した。

大きな手のひらに、トロリとした透明のジェルが、たっぷりと乗せられる。

『やめてっ！　それは勘弁してっっっ！』

僕は、そのジェルの催淫効果を身を持って知っているだけに、経験のないロウソクだのを突きつけられるほうがよっぽど平静を保っていられた。

『いやっ！　やめて英二さんっ！　それはいやっっっ!!』

僕は、頭も体も目一杯揺さぶり、英二さんに「止めて」と懇願してみせた。

すると英二さんは、ジェルを持たないほうの手で、僕の口からネクタイを外すと、

「で、理由はなんだったんだ？　本当の理由は」

僕に真相と引き換えにならに止めてやる…と、言ってきた。

「いい加減に俺も遊び疲れてきたぞ」

僕は、あと少しだと思った。

「そっ…そういうことする英二さんが、嫌いになったから！」

このまま意地を通し続ければ、今日できっぱり別れられる。

「ああそうかい！　だったらとことん嫌われてやるよ！」

なにせ、これだけの展開になってしまったら、このあとにどんな状態が起こっても、僕と英二さんは付き合ってなんかいけないだろう。

別れる別れないの大本の理由なんて、あったってなくたって同じことだ。

『英二さんがここまでやる人だったなんて。ここまでスキモノったなんて。やり終わったら、完全にロンググッパイだよっ！』

僕はやっと開放された口を、今度は自分自身で唇をかみ締めて塞いでしまうと、もうどにでもしろ！　って態度で体から力を抜いた。

英二さんは、邪魔くさそうに僕の芯からネクタイを外すと、それをベッドの下へと放り投げ。さらけ出された芯や陰嚢や、そこから続く蜜部に、手のひらにたっぷりと乗せられたジェルを満遍なく塗りこめてきた。

「んっ…っ！」

ひんやりとしたジェルが、英二さんの手で陰部全体に撫でつけられて、僕の背にはゾワゾワとした快感の波が打ち寄せ始めた。

「好きだぜ、菜月。お前が……」

それにこの呟きがプラスされると、僕の中にあった「英二さんのバカっ！　変態っ！」って気持ちは、一瞬にしてなくなってしまう。

「一週間が…こんなに長く感じたのは初めてだった」

『……英二さん…』

最初に愛されたのは、芯の部分だった。

ジェルで潤った手の平に握りこまれると、そこは軽くゆるゆるとスライドされた。

「ずっと、菜月を…可愛がってやりたかった」

「あっ……っ」

半ば勃起上《たち》がっていた僕のものは、英二さんの手が二～三回擦り上げただけで、嬉しくってピンっと反り返ってしまった。けど、英二さんはそうなるとすぐに撫でる場所を変え、陰嚢を握りこむと手の中でコロコロと揉み転がした。

「直にこうやって触れて、気持ちよくして」

「やっ……つぁつっ…」

僕は、もうそれだけでイキそうだった。

塗りたくられたジェルの効果も手伝って、僕の体内に打ち寄せる快感の波は、すぐに高く荒狂った。僕を飲みこもうとした。

「熱い快感で、狂わせて」

『英二さん…っ……』

でも、ジェルより何より僕の快感を大きくしていったのは、やっぱり英二さんのぬくもりだった。

「島で過ごした時間を…もう一度確かめ合いたかったぜ」

『……英二さんっ』

好きという思いが、想像もつかないぐらいに僕のテンションを上げていた。

大好きな人に触れられているという事実が、性感をより敏感にし、快感をより激しくしていた。

それこそ、血が騒ぎ肉が躍り。

体の奥から自然と震え上がっては、絶頂に誘われる瞬間を、今か今かと待っていた。

「あっ……っっっ」

「おっと、とはいえ簡単にはイカせねぇぞ！　イキたかったら先に白状しろ！」

だけど、英二さんは上りつめることを許してはくれなかった。

それを許すのと引き換えに、僕の真意だけを求めてきた。

「菜月、これ以上何度も聞かせるなよ。結局なんだったんだ？　この別れる騒動の原因は」

「……っ英二さんが、嫌いだからっ」

僕は答えなかった。本当の理由なんか、答えられなかった。

英二さんが、好きだから。

苦しいぐらい、好きだから。

だから未来が怖くって、考えるだけでもつらくてつらくて逃げ出したいの…なんて、とてもじゃないけど言えなくて。

「この強情っぱり！　誰がそんな言葉を真に受けるかよ！　お前の体も心も、俺が好きだって言ってんじゃねぇかよ！　なんでそれを口先だけで否定すんだよ！」

英二さんは、それでも僕の本心を信じてくれた。

嫌いって言葉が、嘘だって。僕がそんなことを、英二さんに向かって言うはずがないって。

信じて信じて信じ抜いて。

「………別れたいからっ！」

「あーもー、うざってぇ！　これ以上お前の話なんか聞いてられるか！　好きにするからな！」

とうとう感情のいき場がなくなって、僕をめちゃくちゃに抱いてきた。

犯すように、抱いてきた。

「やっ…、いやぁっっっ！」

英二さんは、身にまとっていた衣類を脱ぎ捨てると、素肌で素肌を覆い尽くしてきた。

僕の足を拘束していたネクタイは、行為自体には邪魔だった。

英二さんはそれに気づくと、すぐに解いて自由にした。

「痛いっ！　痛いよ英二さんっ！　放してっ…放してよぉっ!!」

けれど、後ろ手に縛られた腕はずっとそのままだったから。僕は前を向かされても、後ろを向かされても、腕や肩や背中が軋みを上げて、痛くて痛くて何度も悲鳴を上げた。

「いやっ…、もういやっっ！」

それでも僕は、なす術もなく英二さんの思うがままの体位を取らされた。

うつぶせにされて腰を持ち上げられると、膝を立てられて、お尻だけを突き出すような姿勢を強いられた。

英二さんは、双丘を左右に引き裂かんばかりに広げて押さえつけると、口を開いた蜜部に熱くそそり立った肉欲の塊《かたまり》を潜りこませた。

「痛いっ…痛いって！」

熱くて堅くて、目一杯大きくなった肉欲は、一気に根元まで押しこまれた。けど、英二さんはそんなことでは満足できなくて。

「ひゃっ…っ痛いっ…痛いっっ痛いっっっ!!」

もっともっと奥に入りこもうとして、力任せに押しては引いて、引いては押してを繰り返した。

「やめてよ！　もうやめてぇっ!!」

蜜部は、ジェルで十分に潤っているはずだった。

催淫剤に煽られた肉体だって、強い刺激が欲しい、感じたいって思っているはずだった。

「お願い許してっ！　もうやめてぇっ!!」

それでもこのままでは、摩擦で火を噴くんじゃないだろうか？　体が真っ二つに、引き裂かれるんじゃないだろうか？　と思わせる英二さんの欲望は、僕に悦楽以上に恐怖感を与えた。

「何が許してだ。もうやめてだ！　こんなに中をグチャグチャにしやがって。ビシャビシャに濡れて、感じまくって、キュウキュウに締まってるじゃねぇかよ！　これはな、ジェルの効き目だけじゃねぇぞ。お前が俺が欲しくて欲しくて、堪らなくって。もっともっとってせがんでる証しなんだぞ！」

英二さんは僕をなじりながら、獣の交尾《こうび》のように、しばらく体を揺すり続けた。

多分、それをしている英二さんも、これが〝快感〟だとは思っていないだろう。

僕も英二さんも、この行為の中で、たしかに二度も三度も絶頂の証しは放っていた。

僕の中からは、もうジェルなんだか英二さんが放ったものなんだか、それとも僕の中を引き裂いた出血なんだか、わからないまま混じり合って溢れだしている。

けど、身も心も痛みばかりが感じられて、気持ちいいなんて思えなかった。これが、本当の快感だなんて、セックスだなんて思えなかった。

英二さんが教えてくれた、与えてくれていた悦びとは違いすぎて、僕は溢れる涙を布団《ふとん》に擦りつけながら、心底から叫び声をあげてしまった。

「やめてっ…やめてよっ。死んじゃう…っ……もう死んじゃうよ！」

もう入らない。もう壊れちゃう。心も体も、何もかも。

このままでは英二さんへの僕の思いも。英二さんの存在事態も。

何もかもが壊れて、粉々になって消えてしまう！　って。

「言えよ。だったら言えよ！　別れるなんて嘘だって！　冗談だって！　理由なんかもうどうでもいいから！　英二さん好きって、大好きって。いつもみたいに言って抱きついてこいてよ！　言わなきゃこのまま、やり殺しちまうぞ！」

「────っ!!」

英二さんの悲鳴のような怒声も、その限界を訴えていた。

けど、僕は行為の限界の中で、まだ選択は残っていたんだって気がついた。

「………だったら…もう殺して」

「────なんだと？」

自分が吐きだした言葉に、不思議なぐらい安堵すると、体から一気に力が抜けた。

「………このまま…殺して」

恐怖からも緊張からも解き放たれて、口許には自然と笑みまで漏れた。

「別れられないなら……このまま殺して」

「────────！」

どうしてこんな馬鹿げた言葉を口にして、心が安らぐのか。他人が聞いたら狂ってるとしか思わないだろう。言われた英二さんだって、不気味で二の句も告げないだろう。

でも、僕にとったら、この言葉は救いだった。

「別れたくないなら、このまま殺して」

『そして、永遠に英二さんだけのものにして……』

考えてみれば、簡単なことだったんだ。だって僕は、英二さんがいなかったら生きていけないって、何度も何度も思ってる。

僕は英二さんが側にいてくれるから、愛してくれるから、今生きてるって、生かされてるって、何度も何度も感じたんだから。

英二さんとの恋のためなら、死んでもいいって…思うぐらい。僕は英二さんのことが好きになって、手に入れたんだ。

だから一生側にいたいの、ずっとずっと側にいたいの、って…思ってきたんだから。

「……菜月」

それなのに、いきなり離れ離れにならなきゃならなくて。

会えない時間の中で、側にいられない時間の中で、生きていかなきゃならなくて。

ましてや、それが上手くできなければ自分が傷ついて、それよりもっと英二さんを傷つけて。なのに僕には上手くできる自信なんか、これっぽっちもなくって。

壊れる自信ばかりが漲《みなぎ》っていて。

結局、めぐりめぐってこの思いが壊れて消えるなら、なんで僕はそんな人生を頑張らなきゃって、真剣に思い悩んだんだろう？

「……そこまで、俺と別れたいってか？」

英二さんは吐き捨てるよう呟くと、僕からゆっくりと抜け出してベッドを降りた。

その顔には、困惑が隠しきれなかった。

怒りと、もどかしさと、やるせなさが混じり合っていて。でも、ここで何かを決めなきゃ先には進めなくて。英二さんは、迷いながらもサイドテーブルへと歩いた。

「別れてくれなきゃ殺してくれか。そんな極端なセリフが出るほど、俺はお前に嫌われる何をしたって言うんだ？」

苦しそうに呟きながらも、英二さんは左手にロウソクを、右手にライター手に取ると。季節外れのキャンドル・ライトを灯《とも》し、それを手にしたまま僕の側へと戻ってきた。

「…………なぁ、菜月。俺は結構諦めが悪い男だからよ、しつこいようだがもう一度聞くぞ」

英二さんは、右手にロウソクを持ち替えながら、ぐったりと投げ出された僕の腰に馬乗りになった。そして、手にしたロウソクの炎を僕に確認させるように、顔のほうへと近づけてきた。

「俺が絶対に別れない、別れるぐらいならこのままこの火でお前をやき殺すって言ったら、それでもお前は、それでいいって言うのか？　ん？」

その火は、決して大きなものではないけれど。

炎熱のようにジリジリと燃え上がり、激しい英二さんの気性そのものを思わせた。

塗られたジェルの効き目で、意識が少し朦朧としているせいもあるだろうけど。僕にはその炎が、とても美しい輝きに見えていた。

「俺は、お前に言ったよな。俺をこんなに夢中にさせて、俺から逃げるような真似をしたら、裏切るような真似をしたら、ただじゃおかないって。何をするかわからないって」

英二さんは淡々と言葉を吐き出すと、ロウソクの芯の周囲に熔《と》けたロウが溜まっているのを僕に見せつけ、それを僕の胸元へと移動すると、僕に最後の返答を迫った。

「それでも、納得のいく理由もないまま、俺と別れるって言うのか？　菜月！」

熔けたロウは、今にも僕の胸に滴《したた》り落ちそうだった。

熔けたロウの熱さなんて、僕には全く記憶がない。

どれほど熱いものなんだろう？

それは英二さんの肉体よりも熱いものなんだろうか？

たとえそうであったとしても、僕には英二さんの肉体以上に、熱く感じられるものなんかない。

だからきっと、こんなことで身を焦《こ》がされることは、つらくない。苦しくもない。

僕が英二さんの負担になることを思えば。いずれ英二さんを追いつめてしまうことを思えば。

英二さんが、心から僕のことを嫌いになって。僕の前からいなくなってしまうことを思えば。

現実の炎に身を焦がされることなんか、つらくもなければ、苦しくもない。

『…………』

僕は、一言では思いを告げられなくて、静かに黙って目を閉じた。

強固な意思とは裏腹に、肉体は迫りくる熱さに怯《おび》え、肢体のすべてに力が入ったけど。

「いいんだな！」

英二さんが叫ぶと同時に、パタパタとロウが、肌の上に滴るのが音でわかった。

「――――――――!?」

けれど、僕には一点の熱さも感じなければ、新たな特別な感触も覚えなかった。

どうして？　なぜ？

そんな思いから瞼を開くと、僕は僕の胸元を庇うようにして、自分の手の甲で滴るロウを受ける英二さんを目の当たりにした。

「なっ！」

手の甲には、すでに何滴ものロウが落ちて、赤い固まりを作っていた。

それがどんな熱さなのか、僕には全くわからない。けど、固まったロウの隙間からは、しだいに火傷のような赤みが見え始めた。

なのに英二さんは、その手を見ながら微かに口許を引きつらせ、ロウを落とし続けていた。

「何してるの英二さん！　火傷《やけど》っ！　火傷してるよ！　やめなよ！」

僕は止めようと思って、慌てて起き上がろうとした。けど。後ろ手に縛られた不自由な腕と、僕に跨がっている英二さんの体重は、それを許してくれなかった。

「肌が焦げるっ！　熱いよ！　痛いよ！　やめてよ！」

僕は、必死に叫ぶことしかできなかった。

英二さんがどうしてそんなことをしているのか、理由がさっぱりわからない。ただ、目の前で身を焦がしていく英二さんの姿を見るのは耐えられなくて、声が掠《かす》れるぐらい叫び狂った。

「なんでそんなことしてるの！　やめてってば！　やめてよ英二さんっっっ！」

「うるせえ黙ってろ！　俺は自分に灸《きゅう》を据《す》えてるだけだよ！」

「それは、そういうものじゃないでしょ！　やり方違うでしょう！」

「だからなんだよ！　俺が俺に何しようと、テメェにはもう関係ねぇだろう！」

「――――――――!!」

『関係………ない？』

でも、英二さんから発せられたその一言に、僕は衝撃のあまり呼吸が止まり、言葉が出なくなった。「俺が熱かろうが痛かろうが、お前がとやかく言う筋合いはねぇだろう。俺は今、かつて覚えのねぇほど不機嫌なんだよ。お前みたいなガキに色惚《いろぼ》けして、わけのわかんねぇフラれ方されてよ！

自分が情けないを通り越して、腹がたってんだよ！　手当たりしだいに物を壊したぐらいじゃ、お前を壊したぐらいじゃ、収まりがつかないぐらい激怒の沸騰《ふっとう》点にイッちまってるんだよ！」

『……………英二さん』

英二さんが、尚も自分の手を焦がし続けていても。

「わかるか？　菜月。俺が今、どんだけお前にズタズタにされてるか。俺はな、究極に痛い思いをしたときってていうのは、新しい痛みで古い痛みを紛らわすしかできねぇタイプなんだよ！　心に痛みを覚えたら、体を痛めつけて気を逸らすしかできねぇんだよ！　それこそ自分が二人いるんなら、俺は自分と刺し違えてチャラにしてぇってぐらい、テメェに傷つけられてボロボロなんだよ！」

「……………っ」

手の甲に赤いロウが溜まって、まるで血の固まりのようになっていっても。

「だから、お前にどうこうしろとは言わねぇよ。安心しろ。お前に比べりゃ俺のほうがまだ大人だ。テメェのケツぐらいテメェで拭けらぁ」

僕は、息もできなければ、言葉を発することもできなかった。

「けどな、俺の自己解決方法に、お前が横やり入れるのは筋違いってもんだろう。理由も言えず人を傷つけるんなら、その傷を見ていちいち悲鳴上げてんじゃねぇ！」

けど、叫んだ英二さんが、握りつぶしそうなほど強く掴んだロウソクを、駄目押しのように直接火元を手の甲に押し当てようとした。

「だめぇっっっ!!」

その瞬間、僕の体には、腹部と肩には、信じられないぐらいの力が入り、無理やり体を起こして英二さんを止めた。

勢いで手から弾かれたロウソクは、僕の左腕に押しつけられるように当たり、火種を消した。

「――――――ひっ!」

ほんの一瞬ではあったけど、僕はそれがどれほど熱く、痛く身を焦がすものなのかを味わった。

腕の一部に、まるで穴が開いたんじゃないかと思うほどの衝撃を受けて。そしてそれは、すぐにヒリヒリとした痛みに変わって。

「菜月っ!」

英二さんは、引きつったような声で名前を叫ぶと、慌てて身をずらして僕の体を抱き上げた。

そしてそのまま寝室を飛び出し、真っ直ぐにバスルームへと向かうと、

「今冷やすから!」

僕を洗い場のマットの上に降ろし、水のシャワーで患部を冷やしてくれた。

『……英二さん?』

バスルームに、しばらくシャワーの流れる音だけが響いた。

「……………っ……」

僕は、冷やされていく腕を見ていたら。心配そうな英二さんの顔を見ていたら。

自分に対する情けなさから腹が立って、自分自身を傷つけたくなるって言った英二さんの気持ちが、嫌ってほど理解できた。

『もう…もう僕なんか死んじゃえ！』

僕の腕の火傷なんか、ちょぴっとしたものなのに。

英二さんの手の甲に比べたら、ほっといても治るよ！　って程度なのに。

なのに、なのに英二さんは、こんな些細《ささい》な僕の傷に、こんなに心配して気を遣ってくれて。

自分の手のことなんか、なにも気にかけてない。

「なんだ、震えてるのか？　冷えて寒くなってきたか？　でももう少し我慢してろよ。一瞬だったし、跡が残ることはねぇと思うが…念には念だ」

僕は、今自分の両手が自由に動くなら、自分で自分の首を絞《し》めたいぐらいだった。

息の根を止めてしまいたいぐらいだった。

「………ひっっ……くっ…」

なのに、それもできないもどかしさに、結局涙ばかりが溢れてきて。

「ごめんなさいっ…ごめんな……さいっ」

英二さんをここまで追いつめて、傷つけてしまったことに。ズタズタにボロボロにしてしまったことに。謝罪の言葉を繰り返すことしか、できなかった。

しばらくして十分に腕を冷やし終えると、英二さんはシャワーを止めて、そのまま浴槽にお湯を張り始めた。

冷えきって震えだした僕の腕からは、やっとTシャツの拘束が解かれた。ただ、かなり長い時間に渡って固定されていた腕や肩には、全然力が入らなくって。僕は両腕をダラリとしたましゃがみこみ、涙もまともに拭えずに泣くばかりだった。

「ほら、お湯の中に入って、冷やした体をあっためろ」

英二さんは、浴槽にお湯が満たされると、僕に両腕を差し向けた。

その左手の甲には、取りあえずロウは剥がれているけど、所々火膨《ひぶく》れのようになっていて、痛々しくてまともに見れなかった。

「僕はいいから…その手を先に手当てして。早く病院行ってて」

「あ？　これか？　たいしたことねぇよ、こんなの。気合いの入った日焼けみたいなもんだ。冷却スプレーでもふっときゃすぐに治る。それに、そもそもロウソクのロウってぇのはな、触れた瞬間が熱いだけで、すぐに冷めて固まるんだよ。だからちょっとした刺激剤として、お遊びに使えるんだ。むしろやばいのは、失敗こいてお前みたいに、直火に触れたときのほうだ。ったくいきなり起き上がりやがって、心臓が止まるかと思ったぜ」

英二さんはそう言いながら僕を抱き上げると、そのまま静かに浴槽の中へと入り、僕を抱いたまま お湯に身を沈めた。

「…………っ」

僕は、こんな親切なことされてる場合じゃない！　って気持ちが言葉より先に行動に出て、英二さんの腕から逃れようとした。

「暴れんな！　よくあったまんねぇと風邪ひくぞ。こんな真夏に風邪ひいて、今更世間にバカの証明をしたいのか？」

けど、そんな僕を英二さんは腕の中に拘束した。

夏風邪はバカがひくんだぞ！　と、こじつけながら。さっきとは違う、長い腕と広い胸の中に、しっかりと抱き締めて束縛してきた。

「どうせ…僕はバカだもん。捨てて…もう。僕のことなんか…このまま捨ててっ。外にほっぽりだしてっ。お願いだから生ゴミと一緒に回収してもらってっ」

けど、だから僕は許されたとは思っていなかった。

許してほしいとも思っていなかった。

僕が英二さんにしたことは、もう許す許さないの域じゃない。

未来がどうの、いずれがどうのの域じゃない。

それこそ、別れる別れないの域じゃない。

「それこそバカ言えよ。このまま捨てたら俺が犯罪人になっちまうだろうが！　ましてやどっかの変態野郎に拾われちまうぞ！　世間を嘗めてかかるとな、俺よりもっと始末の悪い奴はたくさんいるんだ！　こんなんじゃすまない、マジに調教されちまうぞ！」

「それでもいいよっ。僕よりっ…僕より始末の悪い奴なんか…この世にいないよっっ」

僕は、どうしたら英二さんに償えるの？

付けてしまった心の深い傷は、どうやって治して癒して、塞げばいいの？

「………ああ。本当にそうだな。こんなに始末の悪いガキ、世界中探したってお前だけだよな」

僕は抱かれたままうつむいて、まともに顔を上げることさえできなかった。

『このまま顔を突っこんだら、お風呂で溺死《できし》できるかな？』

ならばいっそと、顔を突っ込んでみた。

「うわっバカっ！　何やってんだお前は！」

すぐに顔をひっぱりだされて、ますます英二さんを怒らせたけど。

「何考えてんだ！」

「もう…死なせて……っ」

僕は情けなくて、腹立たしくて。

でもやっぱり情けなさのが勝ってしまって、泣き伏すしかなかった。

「ふざけんなっ！　やり殺してとか死なせてとか。なんなんだよ、その罰あたりで物騒な発想は！

乙女チック思考にも意固地ドリーミングにも限界があるぞ！　一体、何がお前を追いつめてんだ！

いい加減にその頭の中にあることを、全部ゲロしてみろ！」

英二さんはそんな僕の顎を掴むと、怒鳴りながらも僕の顔を自分のほうに向かせて、

「今の俺を癒せるのはな、納得のいく事実だけだぞ」

自分の心の傷薬が、なんなのかを僕に伝えた。

「………英二さん」

僕は、完全に観念した。

この先のことなんか、どうでもいいから。ここまでしてしまったら、もうどうにもならないから。

だから、せめて目の前で傷を負った英二さんが求める事実を、声に出すことで懺悔《ざんげ》した。

「なんだよ」

「だから、僕の頭の中には英二さんしかないの。英二さんの側にいて。英二さんとキスして。英二さんに可愛がられて、愛されて。甘やかされて、ずっとずっと一緒にいたいって考えしかないの」

「………いりゃいいじゃねぇか。それがなんで〝別れてくれ〟になるんだよ」

「だって、いたくってももう側にいられないんだもん。父さんがいきなり夏休み中に、家族丸ごとでイギリスに行くって。引っ越すって言い出したんだもん………」

「あ?」

けど、僕の懺悔内容に、なぜか英二さんはめちゃくちゃ力の抜けた声を漏らし、バスルーム内に響かせた。

あ？　あ？　あ？　あ？　って、繰り返しながら、ズルズルと湯船に肩から顔を沈めていった。

「なっ！　なんでここでお湯に潜っちゃうの英二さん！　まだ話は終わってないよ！　大事なのはここからなんだよ！」

今度は、僕がお湯に沈んだ英二さんをひっぱりだした。けど、英二さんは湯船から顔を出すなり額を押さえ、僕から思いきり視線をそらすと、

「ムキになった俺がバカっだった。最初にお前の人間のレベルをいやってほど把握してたはずなのに。本気になった俺が大バカだった。もしかしたら俺の留守に、余命三カ月とか言われるような病気でも発見されたのか？　とか。俺の家族からいちゃもんでもつけられたのか？　とか。一瞬でもあれこれ真剣に理由を探して悩んだ俺が、底なしの大間抜《おおまぬ》けだったたっ！　世間より嘗めてかかっちゃいけねぇやつが、目の前にいることをうっかり忘れてた！　かーっ、俺のバカっ！」

失礼なぐらいバカバカ言って、大きな溜め息を吐きだして。ガックリと肩を落としながら、うなだれて見せた。

「英二さんっ！」

「嘘だよ。冗談だ。でもこれぐらいは言わせろ！　言う権利が俺にはあるだろう！」

「…………はい」

でも、僕がムキになると英二さんは、頭を抱えながらも耳を傾けてくれた。

「ま…取りあえず、その先の話は長そうだからな。風呂から上がってゆっくり聞いてやる。ほら、出るぞ。このまま浸かってたらのぼせちまう」

先に立ち上がって浴槽から出ると、僕をもう一度抱き上げて湯船から出し、そのままベッドへと連れて行ってくれた。

僕は、英二さんから貸してもらった真っ白なバスローブを羽織《はお》ると、ベッドの上に座りこんで、英二さんと別れる決心をするまでの、一週間の過程をすべて話した。

たとえそのために、一番見られたくなかった〃僕の弱い心〃をさらけ出すことになっても。

正直に包みも隠さずに話すことが、英二さんへの懺悔であり、心の傷薬だと思ったから。

「…………で、別れるってか」

英二さんは、バスタオル一枚を腰に巻いて、少し僕から離れたところに立っていた。

左の手には灰皿を持って。右の手には煙草《たばこ》を持って。

僕には知り合ってから一度も見せたことがなかった、喫煙姿ですべての話を聞き終えた。

僕はそんな英二さんが、どうしてかいつもより大人に見えて、いつもより男に感じられた。

「その話を簡単にまとめると、こうだよな。引っ越したくないから家に残りたい。けど一人もしくは葉月と暮らすには、お前は若すぎて暮らせねぇ。おまけにそのドジっぷりは、必ず恋人である俺に負担をかける。迷惑をかける。重荷になる。だから潔《いさぎよ》くイギリスに行くことは決心した」

少し濡れて、乱れて落ちた前髪がセクシーで。

手にした煙草を、口にする仕草が絶妙で。

そのまなざしは、一見クールで落ち着きながらも、いつでも獲物を追っているように、鋭くて。

「が、いざ遠距離恋愛になることを考えると、とてもじゃないけど自信がない。寂しくって恋しくって、一週間で音《ね》を上げてるのに、三年なんて目眩がしそうだ。これじゃあきっと、自分は俺にわがままぶっこいて。ゆくゆくは俺に負担をかける。迷惑をかける。重荷になるの同パターン発想だ。揚げ句に、疲れさせて無理させて。いずれ嫌われるのが目に見えてるから、そんじゃあ今のうちに〝さようなら〟と。お前な、そんなに俺が信用できねぇのか？　たかが三年ぐらいイギリスに通いつめたって、俺には全然無理じゃねぇぞ。ましてや今はネット社会だ。文明の利器って強い味方もある。顔を見ながらだって、話もできるんだぞ」

僕はそんな英二さんに、また新しい恋を覚える。

焦がれ死になんていう言葉が、どうしてあるのか身を持って知る。

「………それはわかってるよ。信じてる。英二さんのことは、全然心配してないよ。心配なのは、信じられないのは僕自身だから」

「………お前だ？」

「そう。甘ったれで寂しがり屋で。僕は何かにつらくなると、すぐに見境なしに行動しちゃうでしょ。だから、僕は距離と時間に負けちゃって、英二さんを裏切るようなことをするかもしれない自分が怖かったの。信じられなかったの。その結果、英二さんのことを悲しませたり。苦しめたり。つらい思いをさせてしまうかもしれないって考えると、とてもじゃないけど…平静でいられなかっ

たの」

どうせなら。もう少し早く、そんな言葉があることに気づいていれば、よかった。

そうすれば、英二さんを傷つけることなく、いられたかもしれないのに。

「だから、だったらいっそ今のうちにか。お前らしいっていや、本当にお前らしいチンプな発想だな。けど、じゃあそんなもんのために、俺はラブホに置き去りにされた以上に、ズタボロにされたのか？　お前自身のその軟弱な精神のために、テメェでテメェを痛めつけるまで、追いこまれたのか？　ん？」

英二さんは、吸い終えた煙草を灰皿にもみ消すと、それを机の上に置いて、僕の前まで歩み寄ってきた。

そして腕組をしながら僕のことを見下ろすと、深くて大きな溜め息を吐きだした。

「そんなことも見抜けなくって、このざまとは。俺もお前に色惚けしすぎて、随分《ずいぶん》だらしない男になったもんだぜ。なぁ、菜月」

「……………許してなんて、言わないよ。ごめんなさいですむとも思ってない」

僕は、話の結末に何を言われても、それに従うことを決めていた。

たとえそれが、今度は英二さんからの、離別の言葉であっても。

「んじゃあどうやって、俺を慰める？　このズタボロの傷心を癒すんだ？　ん？」

「……………それは……」

けど、僕はこの思いをどうやって伝えればいいのかわからなくって。

英二さんの問いかけにも、どう答えていいのかわからなくって。

だからといって、償《つぐな》う方法を本人に聞くのも違う気がして。

結局は視線を逸らして、うつむいてしまった。

「だから！　答えが自分で出せないなら、逃げる前に俺に聞け！　そうやって俺の存在を無視して、自分の狭い領域でものを考えるから、そもそもややこしいことになるんだろ！」

「ごめんなさいっ！」

英二さんは、僕が逸らした視線を、言葉とその手で自分のほうへと向けさせると、火膨れた左手を突きつけるように僕の前に突き出した。

「いいか菜月！　こんな傷はな、ほっときゃそのうちに消えるんだ。けどな、俺様のデリケートなハートにズサズサと付けられた傷は、簡単なことじゃ消えねぇぞ。下手したら死ぬまで治らねぇ」

「……………ごめんなさいっ」

「泣いて謝る前にちゃんと聞け！　聞けば俺は教えてやるんだよ！　俺様の傷の癒し方は、たったひとつしかねぇんだから。今この場できれいさっぱり治す方法はあんだからよ！　知りてぇか？」

僕は、コクンって頷いた。

ごめんなさいって言わないで、「教えて下さい」って呟いた。

「だったら、お前から俺に抱きついて。全身全霊で〝英二さんが好き〟って言え」

「――――――え？」

「お前のお決まりの文句だろう？　英二さんが好き。英二さんが大好き。英二さんがいなくちゃ死んじゃうって。この言葉はな、俺にとっては劇薬であり媚薬なんだよ。イカされるは殺されるは踊らされるは。とんでもなく威力を持った、小悪魔の呪文なんだよ」

英二さんはそう言うと、伏し目がちに見ていた僕の頬に手を伸ばし、優しくスッと撫でてくれた。

「……英二さん」

「ただし、今日だけはそれにもう一言、二言付け加えろ。お願い僕をこのままさらって。二度とうちに帰さないで。僕を英二さんの側から放さないでって。それが誠心誠意、情感込めて上手く言えたら、俺がお前の望みをかなえてやる。俺の側で、一生かけてその薄弱な根性をたたき直してやるからよ」

その手を頬から髪に流しながら、憎らしいぐらいカッコよく微笑んだ。

「僕を…僕を嫌いにならないの？　こんな僕なのに、許してくれるの？」

僕は、戸惑うままに呟いた。

英二さんからの言葉と思いに、胸に込み上げる感動が、一度に何種類も混ざり合ってしまって。

言われたことを口にする前に、僕は僕の戸惑いを言葉にしてしまった。

「俺は、今お前にそんな質問は求めてねぇぞ」

すると英二さんは、僕のぽっぺたをフニって摘《つま》むと、「余計なことはいいから、言われたとおりに言え！」って睨んだ。

「…………英二さん」

僕は、英二さんにもう一度「好き」って言えると思うと、自然に目頭が熱くなって涙が零《こぼ》れた。

「英二さんが…好き」

もう一度「大好き」って言えるんだと思うと、その嬉しさから自然と両腕が伸びて、英二さんの体を引き寄せた。

「英二さんが…大好き」

そして僕の思いのすべてであり、弱さでもある、

「英二さんがいなくちゃ、死んじゃう」

その言葉を口にしたら、英二さんはベッド片膝を付きながら僕のことを抱き締めて。

「俺はお前のそれを聞いてねぇと、生きてる気がしねぇんだよ」

僕の目許に、涙に、そっと唇を押し当てた。

「英二さんっ！」

僕は、その唇と英二さんの優しさに答えたくて、力の限りしがみつくと、英二さんの求めた言葉のすべてを続けざまに叫んだ。

「お願い…僕をこのままさらって。二度とうちに帰さないでっ。僕を…僕を英二さんの側から放さないで！」

ただ、その言葉が実際にはどんな意味を持っていて。英二さんにどんな行動を取らせるものなのかということは、僕には考える余地もなかったけど。

「頑張るからっ…。僕どんなことでも頑張るからっ。だから…だから……同じ頑張るなら、英二さんの側で頑張らせて」

僕は、今思うがままの気持ちをぶつけた。

「────ああ。その言葉、忘れんなよ！」

英二さんは、僕の気持ちをすべて受け止めるように、今一度僕の体を抱き締めてくれた。

そのとき僕の肉体は、英二さんの過激なセックスを受け続け、とっくに限界の域を超えていた。

本当なら、体中の節々が痛くて、悲鳴をあげてて。このまま休みたい、眠りたいという気持ちになっても、これ以上何かをしたいとは思わないような状態だった。

「英二さん……お願い、抱いて。最初から、お帰りなさいから…やり直させて」

「────菜月」

「僕…待ってたよ。毎日毎日。本当に…本当に待ってたんだよ」

でも、僕は英二さんに抱かれたかった。キスされて、抱き締められて。今側にいることを、一つになってることを、実感したかった。

「だから、ね────」

無茶だとはわかっていたけど、心の望むままに英二さんを求めた。

「わかったよ。抱いてやるよ。最初からでも、途中からでも。お前の思うように、したいように、望むように抱いてやる。ただし、今夜は先につけなきゃならねぇけじめがある。それだけは、きっちりとつけなきゃスッキリしねぇからな。着替えるぞ」

「――――え？　けじめ？」

ただ、英二さんはそんな僕に意地悪そうにニヤリとすると、僕の体から離れてベッドを降りてしまった。そして真っ直ぐにクローゼットに向かうと、扉を開いて中からシャツだのスーツ一式を取り出して、テキパキと着替え始めた。

「へ？　なんでネクタイなんか締めてるの!?　もう…夜だよ。十時になるよ。そんな気合いの入ったカッコして、どこに行くつもりなの？」

僕は、英二さんの突然の行動に呆気に取られながらも、ピシリと着こまれたスーツ姿にはクラクラとしていた。

そりゃスーツ姿は今までにも何度となく見てきたけれど。記憶にあるのは、そのほとんどが素肌にダブルのスーツとか、中にシャツを着ててもボタンが止まってないみたいな、いかにも芸能人っぽい派手な着こなし方だったから……。

だから、こんな「どこのエリート官僚なの!?」みたいに見えるグレーの三つ揃えに、キュッと襟《えり》元《もと》に締められたネクタイ姿で、こんなに見栄《みば》えのする人だとは想像もしていなかった。

しかも、スーツに合わせてかけられたフレームレスの眼鏡《めがね》は、英二さんの隠れたインテリ度を二百パーセントぐらいアップしていて。

『うわーい♡　やっぱ東都大法学部は伊達《だて》じゃないよぉっ♡　頭よさそうっ♡　エリートそうっ♡　いかにもいっぱい、お金稼いじゃいそうっっっ♡　さすがはＳＯＣＩＡＬの御曹司《おんぞうし》だぁ♡』

僕は、今更だけど「一生付いて行こう♡」と心に決めた。

着替え終わると英二さんは、ビジネスバッグを取り出し、机の引き出しから何やら書類みたいなものを手にしては、バッグの中へと詰めこんだ。

そして、英二さんはすっかり用意（なんの？）が出来上がると、

「さてと、戦闘準備は万端だな。菜月も着替えろ。出かけるぞ」

英二さんは僕に破いてしまったＴシャツの代わりのシャツと、ベッドの下に落としていた着替え一式を広い集めて、僕に手渡した。

「…………？」

僕は、英二さんの行動の意図が全く見えなかったけど、でも着替えろというなら着替えるしかないし。出かけるというなら、付いていくだけだった。

ただ、ガタガタの体にむち打って、出かけて着いた先が僕の家だったときには、目が点になった。

しかも、そろそろ寝るぞという態勢に入っていた父さんや母さん、葉月にお泊まり中のウィルを

リビングに集結させたかと思うと、英二さんは父さんの前にいきなり正座して、三つ指付いた。その姿に、全員が引いた。

けど、英二さんはそのまま頭を深々と下げると、父さんに向かって、

「夜分突然で恐縮ですが、本日は正式に菜月をいただきに上がりました。俺に菜月を下さい」

とんでもない発言をかますと、引いていた中でも父さんだけは、ムッとして目を吊《つ》り上げた。

いつか英二さんが、父さんのキラキラなサファイヤ・ブルーの瞳が、冷ややかな北極の深海のようだと言ってたけど、まさにそのとおりだった。

僕は、十六年間も父さんの息子をやってるけど、こんなにはっきりと誰かを威嚇している父さんは初めて見た。まるで、英二さんを親の敵でも見るような目つきで睨んでいる。

けど英二さんは、そんな父さんに向かって持参したビジネスバックから書類を取り出すと、

「これは、俺の身分証明の代わりに持参したものですが、一応目を通して下さい」

「…………何かね？　これは」

「俺の財産証明ができるものです。去年の確定申告の写しに、私有財産の一覧表。保険関係書類に、貯金通帳。これだけ揃えれば、取りあえず俺がこのまま菜月を手元に引き取り、学校に通わせて生活をさせると言っても、金銭的には不安にはならないでしょう。それに俺自身、別に菜月の一人二人面倒みたって、負担にもなりませんし、重荷にもなりませんし、迷惑にもなりません！　イギリスなんかに連れて行かれるほうが、よっぽど迷惑です！　ちなみに、俺の健康は保証付きです。保険

証を使ったことがあるのは歯医者だけ。両親、兄弟は腹が立つほど健在。三親等内に癌《がん》と脳溢血で死んだ奴は誰もいません。先祖の平均寿命はざっと八十才。以上！」

堂々と「これでどうよ！　文句があるか！」と言いたげに、父さんを威嚇し返した。

父さんは、英二さんの視線を真っ向から受け止めると、金の髪をかき上げながら、そのブルー・アイズを光らせ、冷ややかに言いきった。

「で、だからなんだい？　これだけのものを用意してきても、私がＮＯと言ったら、それで終わりだよ。これでは信用できない。君には預けられない。菜月は予定どおり、私が国に連れて帰る。そう言ったら、すべて無駄だ」

「父さん！」

「あなた！」

さすがにこれには、僕と葉月と母さんの声が見事にダブった。ひどいよ！　そんな言い方ないよ父さん！　って。けど、言われた英二さんのほうは至って冷静だった。顔色一つ変えていなかった。

それどころか、書類をまとめてバッグにしまいこむと、スッと立ち上がって父さんに一礼した。

「ご苦労様だね。日を改めて出直すかい？」

その上で、まさに〝一国の主〟然と構える父さんに向かって、対等に胸を張って言いきった。

「冗談だろう。俺様が出直す必要がどこにある。俺は菜月をこの世に生み出してくれたあんたとママに対して、一応一般的かつ最低限の義理を通しにきただけだ。それが通らないなら、ここから拉《ら》

致《ち》って行くまでよ。こい、菜月！」

僕の腕を掴んで、その場を立ち去ろうとした。

「えっ…英二さん！」

「待たないか！　話は終わってないだろう！」

父さんの激昂《げっこう》の声が飛ぶ。

「うるせぇ！　誰が何て言おうと、本人が親より俺についてくると言った限り、あんたのNOなんて関係ねぇし、俺を服従させる力なんかありゃしねぇんだよ！　こいつは俺がいねぇと生きていけねぇし、俺もこいつがいねぇと生きていけねぇんだ！　大体、あんただって立場は違えど、似たようなことして愛しのダーリンとゴールインしたんだろうが！　こいつはそういうあんたの子どもなんだから、親不孝するのは遺伝だと思って諦めろ！」

「――――――っ!!」

英二さんの、罵声《ばせい》だか怒声だかわからないような檄《げき》も飛ぶ。

漂う空気がピリピリと張りつめる。父さんと英二さんは互いに一歩も引かずに、にらみ合う。

僕は、母さんと葉月と一緒になって、固唾《かたず》を飲んで固まるだけだった。

「プッ」

と、そんな中でウィルは突然緊張感を壊すように吹き出した。口許を押さえると、肩を震わせて笑い始めた。

「くっくっ……はっはっはっ」

「……ウィル」

「ごめんごめん。こんなときに。でも…菜月の彼と叔父さんが、似てるからついついおかしくて」

「……似てる？　英二さんと…父さんが？」

「ああ。もちろん容姿のことじゃないよ。昔叔父《おじ》さんがお祖父さまと喧嘩して、僕の母やお祖母さまが止めるのも聞かずに家を飛び出して行ったときも、たしか僕の記憶ではこんな感じだったんだ。お祖父さまもお祖母さまとの結婚を家族に認めさせるために、たしか駆け落ちした経験があって。それを叔父さんが盾に取って……同じようなことを言ってたから」

「……え？　そうなの？　なんて家系なの、このうちは！」

菜月は、始めて聞いた事実に、呆れ返ったように父さんのほうを見た。父さんは、ちょっとバツが悪いのか、視線を母さんのほうへと逸らすと、クスッて笑われてしまった。

「不思議だね、菜月。見た目も性格も全然違う人なのに。菜月は本能的に一番大切なところは、ちゃんと大好きな叔父さんと同じ人を、選んでるんだね。きっと、それは今までに誰が一番に自分を守り、愛してくれたのかを、わかって感謝しているからかな？」

ウィルは、そう言いながら父さんをチラリと見て微笑んだ。

「そして彼が、そんな菜月の気持ちを理解して、菜月の大事な家族ごと、菜月のことを包みこんでくれる人だって…わかっているからかな？」

続けて英二さんのほうも、同様に。

『────────ウィル』

僕は、この人はなんて上手い、というより〝ずるいまとめ方〟をする人なんだろうと思ってしまった。そんなふうに言われたら、父さんは英二さんを「認めない」なんて言えないし、英二さんも僕を「家族から引き離してでも連れて行く」なんて、もう言えない。

「早乙女くん。これから先、菜月がご迷惑かけると思いますけど、どうかよろしくお願いね」

しかも、母さんはすかさず英二さんにニッコリ笑って、僕のことをお願いしてるし。

「よかったね菜っちゃん。これからは一緒に暮らせないけど…仕方ないよね」

葉月も僕に向かって、泣き出しそうな顔をしながらも、僕が英二さんのところに残れておめどうって言った。

そしてウィルは、

「菜月。一番いい形で彼の元に残れて、よかったね。僕は君に〝恋のない寂しさを紛らわすための方法〟なんか、伝授しなくてすんで嬉しいよ」

って、心から笑ってくれた。

三人は三人の言葉で、僕に〝よかったね〟って言ってくれた。

一人でこの家に残るわけでもなければ、葉月と二人で暮らすわけでもなく。これからは英二さんのところで、英二さんの側で、英二さんと一緒に、暮らせるねって、言ってくれた。

でも父さんは？　って思いながら声をかけると、父さんは僕に両手を伸ばし、溜め息混じりに、

「せめてあと三年ぐらい、手元に置いておきたかったのに……」

って呟きながら、僕のことを力の限り抱き締めた。切ないぐらい、強く強く抱き締めた。

それは、これがもう最後なのかもしれないと思わせる抱擁《ほうよう》だった。

これから先は、こんなふうには抱き締めてくれないかもしれない。

僕には英二さんがいるから。

僕はもう、父さんのハニーである以上に、英二さんのダーリンになってしまうから。

だからこれからは、君は英二さんだけに抱き締めてもらって、愛してもらいなさい…って、言ってるみたいに、感じられる抱擁だった。

そして父さんは、いつもより長い抱擁から僕を静かに放すと、英二さんのほうに視線をやって。

「私のハニーだ。預ける以上、泣かせるようなことがあれば、私は君を許さないよ」

「……………はい」

力強く返事をした英二さんのほうに、僕の体を押しやった。

その日の夜から夏が終わるまでの日々は、あっという間に過ぎてしまった。

父さんと母さんと葉月はイギリスに。僕は英二さんのマンションに。

それぞれがそれぞれの引っ越し準備をしながらも、いろいろな手続きや雑務に追われ。これからの生活にワクワクする暇もなければ、不安になる暇もなく、ひたすらにバタバタ・バタバタとしていた。

そしてふと気が付くと、僕は成田空港で父さんたちとウィルを乗せた飛行機に手を振っていた。

その日の夜には、英二さんのマンションの一室で、ボーっと現実を見つめ直していた。

「でも…本当にこれで、いいのかな?」

これからの新しい生活と、明日から始まる新学期の準備をしながら。いきおいとは言え、まるで英二さんのところに〝幼な妻〟のように転がりこんできてしまったことに、改めて首を傾げていた。

『あんなに悩んだのに。あんなに苦しんだのに。結局英二さんに扶養家族状態で面倒見られることになっちゃって、いいのかな?』

するると、背後からスッと長い腕が絡んできて、僕は英二さんに抱きすくめられた。

「なんだボヤッとして。まさかもうホームシックか? ついさっき別れたばっかだっていうのに」

「英二さん……」

「別にいいぞ。今になって、やっぱり寂しいよ～とか泣いたって。じゃあって言って、家族の所に帰してやるよとは言えねぇけど。代わりに泣き疲れるまで、こうしててやるから。俺がいつでも、お前をロンドンまで連れて行ってやるから」

父さんと同じ優しさで。

でも、父さん以上の愛情で。

これからは父さんや母さんや葉月の分まで、僕のことを愛して守ってやるよって、言葉からも、抱擁からもしっかりと伝えてくれた。

僕は正直言って、寂しくはなかったけど、不安だった。

こんなに大切にしてくれる英二さんに、これから僕は何がしてあげられるんだろう？　って。

「大丈夫だよ。別に寂しくない。僕は泣きたくもないよ。英二さんと一緒なら。英二さんの側にいられるなら。僕は…ホームシックになんかかからないよ。だって、今日からここが、僕の家になるんでしょ？」

養ってもらって、学校行かせてもらっても、僕は家事なんかやったことないのに。

多分…何もできないのに。

「バーカ。それでも多少は滅入ってやるのが、今まで一緒にいた家族への義理ってもんなんだよ。そうじゃなきゃ、新妻を慰めるふりして新婚初夜を楽しみてぇと思ってる、俺の新郎としてのドリームがぶち壊しだろう？」

「…………英二さん」

でも英二さんは、そう言ってキスをしてくると、今は何も考えるなって言ってるみたいだった。

一人で勝手に何かを悩むな。どんな些細なことでも、悩む前に俺に言え。

これからは俺が菜月のダーリンであり、親であり、兄弟でもあるんだからって。

「菜月……っ…俺だけのものだぞ」

英二さんは、その場で僕を床に押し倒すと、僕の頬や唇に激しいキスの雨を降らしてきた。

「ぁっ………んっ…。僕は…英二さんだけのものだよ…」

僕もそんな英二さんの首にしっかりと抱きつくと、自分からもいっぱいいっぱい、キスをした。

「好き…大好き。英二さんが…」

「俺もだ、菜月。お前だけだ」

キスをして、抱きしめて。思うがままに身も心も英二さんを求めて、ささげ尽くしてしまった。

それこそ今日から、これからが、新しい生活が始まりだというのに。

二人にとっては、新婚初夜（?）だというのに。

僕らはベッドへも行かずに引っ越し荷物の狭間で。しかも床の上で。

「あっ…あっっんっ！　英二さんっ…英二さぁんっ」

そのまま抱き締め合って、ケダモノみたいにエッチをしてしまった。

ただ、そんな幸福の絶頂であるにもかかわらず、僕が今後に不安を感じるとすれば、やっぱり英二さんの、どこまでも油断ならない言動だった。

「ところで菜月、この荷造り用のロープ、かなり荒縄チックだと思わねぇ？」

英二さんは何を思ったか、そこら中に散らばっていた紐《ひも》の一本を手にすると、ニヤリと笑って僕に見せつけ、心底から凍りつかせた。

「えっ…英二さん！　僕、アレはもういやだからね！　普通でも激しいのに、それより過激なのは絶対に絶対にお断りっっっ！」

「そう言うなって♡　あれはあれで菜月も結構感じてただろう♡　な、菜月。試してみようぜ♡

今度は中級編めざして〝亀甲《きっこう》縛り〟とかってやつをよ♡」

そりゃ僕は英二さんが、出合い頭から危険この上ない人だとはわかっていたけれど。それはこの夏を越すとともに、更に過激さを増してしまい。僕はやっぱり〝オー・マイ・ダーリン♡〟って甘えるよりも、〝オー・マイ・ガット!!〟と叫ぶはめになる。

「なっ、なっ、なーっ♡」

「いやっ！　それはもういいっ！　それはいやっ！　絶対にいやーっっっっ！」

この恋と生活は、まだまだこれからが始まりだというのに——————くすん。

過激なマンダーリン♡　おしまい♡

あとがき

こんにちは♡　日向唯稀《ひゅうがゆき》です。このたびは『過激《かげき》なマイダーリン♡』をお手に取っていただきまして、どうもありがとうございました♡　すっごくすっごく嬉しいですっっ（感涙）。

本当にこの『マイダーリン』に関しては、前作の『危険な…』を書き上げたときから、挿絵の香《か》住《すみ》ちゃんと共に「続編が出るといいね」「続き書きたいね」と話をしていたのですが、こればっかりは読者様のご支持&ご要望がないと無理…なので、「どうなるんだろうね～？」という（ちょっと諦めが入っていた）のが実際でした。でも、でもでも！　出ましたー♡　こうしてしっかりーそれも皆様からいただいた、たくさんのお手紙（ノベルズでは過去最高数でした♡）のおかげで、「続編出して!!」「英二と菜月をもっと読ませて!!」の熱いメッセージのおかげで、担当M様から「出しましょう！」というGOサインをいただきました。ありがとうございますっっ!!（号泣）

いや…これは嘘のような本当の話ですが、お手紙の内容…どれもこれもが熱かったです。まるで、英二《えいじ》が菜月《なつき》を攻め倒すほどに、皆様熱血されておりました。特に「菜月可愛いよっー！一緒に泣いたよーっ!!」と、「英二、英二、英二ーっっっっっ♡　きゃーっっっ♡」というイッちゃった内容が圧倒的に多くて、私は貰《もら》ったお手紙の濃さが嬉しい反面、「どっ…どうしてしまったのみんな～っっっ（汗）ブッちぎれてるよー!!」と、おののいたほどです。でも、そんなお手紙の一通一通が大きなエネルギーとなって、この本は出していただけました。ありがたいことです。嬉しいことです。担当様から続編決定FAXをもらったときには、いい年した女が二人して電話口で感動しちゃって、泣いちゃいましたよ…本当。うん。それぐらいこの本に関しては、注《そそ》いだ想いが多くて、大きかったから。（この辺はかなり私情なんですけどね…微苦笑）
もう…この喜びをどうしたらお伝えできるのでしょう？　菜月と英二が互いによせる想いに負けないほど、私はお手紙を下さった皆様に、そして前作を手にして下さった方々に、感謝の気持ちでいっぱいです。もちろん担当M様にも、相方の香住ちゃんにも、感謝・感謝♡ですけどね。
で、だからというわけではないのですが、今回は私なりに〝話作り〟で感謝をこめてみました。
実に今回の話、八割は〝お手紙のリクエスト〟に答えたものです。
「もっともっと、英二に貢《みつ》がれる菜月がみたーい♡」には、真夏のリゾートを貢いでみました。
「菜月と英二の甘々Hがみたーい♡」には、無人島で頑張ってみました。
「菜月がモテモテで、英二やきもきしてー♡」には、手始めにパパと従兄弟《いとこ》で対抗してみました。
「英二ーっ、もっと菜月を泣かして〜♡　激しいこと、して〜♡」には、………してみました♡
そしてその他にも「いっそ菜月と英二、一緒に暮らしてー♡」「直《なお》先輩と葉月《はづき》も、ちゃんと進展させてあげてー♡」「もっといっぱい英二を出してーっっっ‼」などなど、かなり応えて話に盛りこんでみました。もう「これでどうよ！」ってぐらいです。（はぁーはぁー、ぜーぜー）
それでも今回では入りきらなかったのが、「早乙女ファミリーを出してー♡」という、英二の家族関係（仕事＆ファッション）方面でしょうか？　とにかく、それぐらいご要望には頑張って応えました。が…、ふと読み返してみると『あれ？　でもこの話って、なんか菜月のドリームほどチンプじゃない？　メッチャお約束だらけじゃない？』と不安になりまして……。いいのかコレで!?という心境です。でもリクエストには、まんまそってるしなぁ…って思うと、『そうか！　結局みんな乙女チックドリームが好きなのね♡♡　そうよね♡　だって読んでる人は〞永遠の乙女〟なんだもん♡』というオチにたどり着きました。（それで落とすな！　って感じですけど…苦っ）

果たしてこの話、どこまで乙女チックナイズされていくのか。ふぅ（溜め息）です。

ただ、このノリでオヴィスさんからは、来年も（五月あたりでしょうか？　何事もなければ…ですが）マイダーリン♡シリーズを書かせていただくことになりました。（タイトル予定は、『野蛮《やばん》なマイダーリン♡』です）リクエストがありましら、ぜひぜひ具体的にお手紙下さいね。人には恥ずかしくて言えないような乙女チックドリームも、英二と菜月ならやってくれます♡　私もリクエストには、できる限りお応えしようと思っていますので。

さて、ここからはいつの間にか恒例になりつつある『おまけプレゼント』のお知らせです♡

今回は、年末年始に差しかかることもあるので、香住ちゃんからは『英二&菜月のフルカラー年賀状』を。そして日向からは『姫始め一本勝負！　ミニ♡ストーリー』を、セットにして贈りたいと思います。ご希望の方は『あて名シールｏｒカード』を同封の上、『Ｗプレゼント希望』と書いて編集部経由・日向&香住まで催促《さいそく》して下さいね。（お年賀サービスなので、申し込みの投函《とうかん》は十一月末ごろまでにお願いします♡　カラーハガキには、限りもありますので）

それから、これはまた別な話なのですが。最近イベント会場にて、ありがたくも『英二&菜月の同人誌』発行のご要望を多々いただきまして（やっぱり二人でサークルやってるからでしょうか？）香住ちゃんと「一冊ぐらいは出してみようか」と、思案中です。多分チョロンとしたものしかできないかもしれないのですが、私は香住ちゃんに「ザザッとでもいいから、マンガ描いて〜♡」と、そそのかしております。（おとぎ話ふうH。ふふ…♡）ただ、ここではそれを「いつ出します！」とは書けませんので、ご興味のある方、確実に入手したい方は、『あて名シール&80円切手』を一組、同人誌のお知らせ用として同封して下さい。詳細が決まりしだいご連絡させていただきます。

はー。それにしても4Pのあとがきなんて、デビュー本以来初めてで、ちょっと嬉しい私♡　なにせ最近、ページ枠限界で書いてしまうのがクセになってて、削られるのがあとがきとCMなんです。でも今回は開き直った担当様が、P《ページ》を増やしてくれました♡（挿絵を減らさないため…ともいう）M様、本当に本当にありがとうございます♡　お世話になりっぱなしですみません。でも、今後もよろしくお願いしたいので、日本語変でもキャラがギャグでも、見捨てないで下さいね（笑）。

そして香住ちゃん、某雑誌へのマンガデビュー決定おめでとう！　やったー♡　大枚クラスの作業は大変だろうけど、がんばってね！　私は今からとっても楽しみだよ〜♡

で、最後にですが。十一月に初のCDドラマが（他社さんからですけど）出ることになりました。『こんな上司に騙《だま》されて♡』というサラリーマンものですが、よろしかったら聞いて下さいね。

それではまた、お会いできることを祈りつつ——ミレニアムな吉日にて・日向唯稀♡

■初出一覧■

過激なマイダーリン♡／書き下ろし

日向唯稀先生、香住真由先生にお便りを
〒101－0061東京都千代田区三崎町3－6－5原島本店ビル2F
コミックハウス内　第5編集部気付
日向唯稀先生　　香住真由先生
編集部へのご意見・ご希望もお待ちしております。

著　者――――日向唯稀
発行人――――野田正修
発行所――――株式会社茜新社
〒101-0061　東京都千代田区三崎町3－6－5
原島本店ビル1F
編集　03(3230)1641　販売　03(3222)1977
FAX　03(3222)1985　振替　00170-1-39368
DTP――――株式会社公栄社
印刷・製本――――図書印刷株式会社

Printed in Japan

Ovis NOVELS BACK NUMBER

僕らの恋愛進行形

高円寺葵子

イラスト・桃季さえ

河合朱里は、高校入学直後の体育祭の練習中に足を骨折して入院するはめに。ふてくされているところへ見舞いに来たクラスメイトの中に河合の苦手な日下京平の姿があった。しかも、動けないのに乗じていきなりベッドに押さえ込まれて訳も分からずヤられてしまった。

晴れた日は海で

双海眞奈

イラスト・金ひかる

サーフィンが好きで風のある日は海にいる和斗に、父親から束縛されている涼一は惹かれた。和斗は戸惑いながらも涼一を受け入れるが、二人の関係はすぐに涼一の父親に知られ、涼一は連れ戻されてしまった。涼一は父親に性関係を強要され、監視されていた…!?

我愛你

ウォー・アイ・ニー

大槻はぢめ

イラスト・雨露月ドウコ

香港映画界のアイドル・張小華の謎の引退から6年。いつか小華との共演を夢見て、日本で役者を続ける服部晋平は、小華にそっくりな後輩の富田英雄に迫られて、断り切れずに付き合うことに。だが突然、小華のカムバックと、晋平との共演の話が持ち上がり…。

LOVE PET!

紅月 桜

イラスト・葵 砂良

大学卒業とともに恋人にふられた祐志はショックの勢いに任せ樹海で死のうと試み、あえなく失敗した。森の中で首輪につながれた子供を拾ってしまったのだ。尋常でない状態に腹を立てた祐志だったがやけに色っぽい子供によこしまな気持ちを抱いてしまい…!?

ゼッタイキライ!

猫島瞳子　イラスト・西村しゅうこ

関東人に偏見をもっている関西人の佐伯貴弘の下に東京人の浜野和志が出張でやって来た。浜野はちょっと間抜けだがよく仕事のできるやつで、佐伯は偏見を直していった。だが、浜野は突然、仮面を脱ぎ捨てた。浜野の本性は変態のド鬼畜ヤロウだった!

エデンの恋人

まのあそのか　イラスト・高之原翠

Jリーガーのスタープレイヤー住之江は友人の才賀を迎えに空港に行く途中、事故で記憶を失ってしまう。住之江を引き取った才賀は誰も知らない山荘で、恋人同士と偽った生活を始める。だが、住之江の婚約者が現れ、才賀の心は追いつめられてゆく…。

おいしいハッピーエンドの作り方

せんとうしずく　イラスト・桃季さえ

可愛くてトロ臭い太壱は、学園中の生徒から狙われている高校2年生。あまりのその鈍臭さゆえ、誰もが手を出すタイミングを失っていた太壱に、ついにアプローチをしかけたのは、一年生の市条クン。純情な市条クンの遠回しなお誘いはお子様な太壱に通じるのか?

突撃!　ときめき♥学園祭

南原　兼　イラスト・葵二葉/紅三葉

栞は星の宮学園生徒会長・海斗と、熱愛現在進行形。そんな二人を見た高梨夕貴は、海斗を大河と勘違いして大ショック。大河は海斗の双子の兄弟で、夕貴は大河に恋していたのだ。事情を知った栞は、夕貴のために一肌脱ぐことに…。「突撃!ときめき♥生徒会」待望の続編!

Ovis NOVELS BACK NUMBER

恋人になりたい

姫野 百合　イラスト・日下孝秋

男子なのにノリでミス松栄高校になってしまったリツが、ある日、先輩の俊郎に大告白。ノーマルなはずのリツの行動に周囲はいぶかるが、リツは戸惑う俊郎から勢いでOKをとりつける。その勢いは愛の情熱というより、決闘の申し込みのようで…？

純情可憐なハートに火がついた

鷹野 京　イラスト・宗真仁子

若くして亡くなった父・雅也の跡を継いで、高校生ながら社長になってしまった雅都。気分転換にと、父の秘書・神城に勧められて訪れた伏見稲荷で、稲荷大明神の白嵐と出会う。故意にか偶然にか、父と同じ体験をすることになった雅都の受難恋愛記。

神様ヘルプ！

七篠真名　イラスト・ほたか乱

全寮制男子校聖ミカエル学院に転校することになったおれ、天堂誉は、学院に向かう途中、英国貴族のように乗馬をする生徒・世良と実にムカつく出会いをした。だけどその世良こそ、おれのルームメイトだったんだ。おまけにこの学院、なんだかあやしくて…。

恋するPURE BOY

大槻はぢめ　イラスト・起家一子

ちょっとトロいのが玉にキズ、な海人は高校の入学式の日に不良に絡まれていたところを助けてくれた寺島にひと目惚れ。しかし「札付きの不良」寺島は、「お子様」な海人を相手にしてくれない。海人は悪戦苦闘するが…？　はじめての学園純情ストーリー！

そりゃもう、愛でしょう2

相良友絵　　イラスト・如月弘鷹

2年目刑事・黒川睦月に異動通達が！　それは「厄介な人物を一掃しよう」という上層部の目論見で、もちろん変態双璧、日沖・本橋と一緒。さらに異動先の豊田署で潔癖症課長・神田にこき使われる始末。ますます崖っぷちの睦月、豊田署でリターン！

天野商事の悩めるのんき者

堀川むつみ　　イラスト・西村しゅうこ

電車で痴漢にあうのが唯一の悩みという、のんきなサラリーマン・慎吾。仕事のミスは、幼なじみの邦彦がフォローしてくれる。取引先の社長に襲われた日も、邦彦は駆けつけて慰めてくれたけれど…。この夜から慎吾はさらにディープな悩みを抱えることになる。

胸さわぎのラビリンス

水島　忍　　イラスト・明神　翼

由也と鷹野、明良と藤島、二組のカップルの前に、鷹野の幼い頃の友達だという新入生・野瀬が現れる。鷹野に付き纏う野瀬が引き起こす騒動が、明良たちも巻き込んで…。大好評シリーズ第三弾は波瀾あり？　今度も胸さわぎがとまらない！

純情はぁと解放区

南原　兼　　イラスト・桃季さえ

聖アーサー学園・山の上高等部一年の浅香律は、幼い頃から思い続けていた生徒会長・浅香英と晴れて恋人同士に…なったはずだが、今ひとつ英の心が読めない。英の関心を得ようと健気な努力をするが、ききめはなくて…。聖アーサー学園を舞台に、また一波乱！

好きだなんて、とてもいえない　竹内照菜

ある朝突然月島連平の家に家政夫さんがやってきた！　家政夫さんの正体はなんと連平の高校の完全無欠な生徒会長・加賀沢龍宝。月島家の弱みを握った龍宝に、むりやり生徒会役員にされたうえ、セクハラを迫られて…連平の運命はどうなる？

イラスト・なぞのえむ

秘密のキスは甘い罠　水島　忍

駿は高校教師の夏己に片思い中。でも、夏己の同僚の森谷がなにかというと邪魔をするので、腹を立ててばかり。駿を子供扱いする森谷と喧嘩をしているうちに、二人はなりゆきで一線を越えてしまった！　混乱気味の駿に好きな人との甘い関係は訪れるのか？

イラスト・七瀬かい

恋愛しましょ♡　大槻はぢめ

『四葉ブライダルサロン』に勤める陸は、次に担当になった客を成功させないと、クビ！　なのに陸が担当になった篠塚は、社長の甥で結婚の意志は全くナシ。それどころか陸と付き合いたいと言う。退会の延期を条件にデートの約束をしてしまった陸だが…？

イラスト・起家一子

キスはあぶないレッスンの始まり　音理　雄

留年がかかった追試をパスするために、サル以下の脳ミソの持ち主・緑に家庭教師がつけられた。その家庭教師・律に、根が単純な緑はいつもだまされて…毎日お仕置きかご褒美が待っている、特別レッスンが始まった！

イラスト・西村しゅうこ

ウソつき天使の恋愛過程

せんとうしずく　イラスト・桃季さえ

大事にしてきた幼なじみの太壱に恋人ができ、勇気は幼なじみ離れができていなかった自分に気づく。そこを上級生・榊に指摘され…。勇気の気持ちが榊に傾いていく過程を甘く描いた、もうひとつの「おいしいハッピーエンドの作り方」。

屋根の上の天使

堀川むつみ　イラスト・西村しゅうこ

急な辞令でデスクワークから建設現場へ異動になった浩一郎は、あらっぽい連中のなかで戸惑うばかり。なかでもひときわ若いとび職人の祭は特に反抗的だっだが、足場で具合の悪くなった祭を助けたことから、祭は浩一郎になつくようになり、二人の同居が始まった！

君はおいしい恋人

長江　堤　イラスト・こおはらしおみ

教育学部のアイドル智臣をめぐってバトルを繰り広げる大祐と研人は学生寮で不本意ながら同居中。だが、健気に智臣に恋する研人を、大祐は故意に邪魔していて——？　ファン待望の長江堤ノベルズがオヴィスに登場！

ヒミツの新薬実験中！

猫島瞳子　イラスト・やまねあやの

製薬会社の営業・中野裕紀は、ある日訪問した病院で、つい見とれてしまうような優しい笑顔の篠田先生に出会う。だがその実態は、どんなムタイな要求も真顔でしてしまう、ただの研究フェチだった！　いつのまにか臨床実験に裕紀の体を使うことになってしまい…。

危険なマイダーリン♡

日向唯稀　イラスト・香住真由

恋人が弟に浮気したと知った葉月は、あてつけに三日間だけ恋人になってくれる人物を探す。その男、早乙女に早速ホテルへ行こうと言われ、あれよあれよという間に予定《ゆめ》も妄想《きぼう》も打ち砕かれる初夜を経験させられてしまった！　三日間の恋人契約の行方は？

空を飛べるなら

香阪　彩　イラスト・西村しゅうこ

スポーツカメラマンの和彰は、高校生でモーグルの選手であるコウタに密着取材をすることになった。取材を通じてだんだんうちとけてきた二人だが、試合中の転倒が原因でコウタはエアを飛べなくなってしまう。仕事と人情に挟まれた和彰は自分の気持ちに気づくが…。

胸さわぎのアイドル

水島　忍　イラスト・明神　翼

「恋愛は面倒、身体の相性がよければそれでいい」がポリシーの楢崎哲治。そんな楢崎を追って、幼なじみの立花朋巳が天堂高校へ入学してきた。入学して楢崎の「初物食い」なる噂を聞いて愕然とする朋巳だが…。楢崎を見つめ続ける朋巳の想いは報われる？

恋するカ・ラ・ダ注意報

小笠原　類　イラスト・かんべあきら

結可にいきなりキスしてきた男・十文字翠は結可が居候をすることになったお屋敷のあるじだった。結可は家のしきたりと翠のペースに巻き込まれ、いつのまにか翠をメイドとして使うことになってしまった！家主様が召し使いって、どうなっちゃうの？

せつない恋を窓に映して

堀川むつみ　イラスト・高久尚子

尚之は上司の緒方と身体の関係があるためか、開発部に異動を希望しても許可が下りない。そんな時人事部で、家庭教師をしていた頃の教え子・正人に再会する。恋愛かどうかもわからず関係を続けてきた緒方と、かつて自分の身体を奪った正人の間で尚之は…。

君と極限状態

長江　堤　イラスト・西村しゅうこ

茅原由也はうっかり入った「やかんどう」なるサークルの怪しさに挫けそうな日々。かばってくれる盛田啓介がいるからなんとか続けてこれたが、夏合宿でいったハイキング山で二人は遭難してしまった！　度々極限状態に追い込まれる二人のラブコメディー。

悪魔の誘惑、天使の拘束

七篠真名　イラスト・天野かおる

法学部一年生の岡野琢磨は、金に困っていた。放蕩親父がつくる借金で首が回らないのだ。そんなとき、ジャガーに乗った派手な男が、月給五十万のバイトをもちかけてきた。うまい話には裏があるとは思うけれど、ほかに選択肢のない琢磨はその誘いにのって—？

キスに灼かれるっ

青柳うさぎ　イラスト・高橋直純

クールなかっこよさで女性徒の人気者の沙谷は、祖父のために女装しているときに、クラスで犬猿の仲の霧島とはちあわせしてしまった。さらに、沙谷を女と間違えた霧島に告白までされてしまう。以来、霧島の沙谷への態度に微妙な変化があらわれて…？

兄ちゃんにはナイショ!

結城一美　イラスト・阿川好子

東陽学園テニス部のエース・薫をめぐって、弟・貢と親友・克久はライバル同士。二人はお互いを薫の身代わりとして身体の関係を持つようになってしまった。だが、貢は次第に克久自身にひかれていく自分に気づき、身代わりで抱かれることに耐えられなくなって…。

だからこの手を離さない

猫島瞳子　イラスト・如月弘鷹

バーでのバイト最終日に、しつこい客に拉致されそうになった智仁は、ナンパな客・高取春彦に助けられる。恩義を感じた智仁は言われるままホテルで一夜を共にする。翌朝、新社会人として入社式に臨んだ智仁は壇上で挨拶する社長を見て愕然！　なんと春彦だった！

ミダラナボクラ

姫野百合　イラスト・かんべあきら

翌巒高校の同級生、村瀬信一と湯川渚は腐れ縁の幼なじみ。しかも3年前からセックスフレンドというオマケまでついている。信一は本物の恋人同士になりたいが、渚の真意がつかめない。そんな時、渚の態度が急によそよそしくなって、生徒会副会長との恋の噂が…。

愛してるの続き

大槻はぢめ　イラスト・起家一子

新米教師・神山茂は担任するクラスの生徒で、生徒会長の江藤総一郎に無理やりキスされてしまった！　全校生徒を魅了するその微笑みにおびえて過ごす茂の前に、母親が連れて来た再婚相手の息子はなんとその総一郎！　はぢめのスーパーきちく学園ラブコメディ♥